U0439348

感性的蝴蝶

林清玄

人民文学出版社

林清玄
感性的蝴蝶

© People's Literature Publishing House 2016

"林清玄经典作品系列"由人民文学出版社联合上海九久读书人文化实业有限公司共同策划。

本书由台北九歌出版社有限公司授权出版

著作权合同登记号图字　01-2013-2834
图书在版编目(CIP)数据

感性的蝴蝶/林清玄著.—北京：人民文学出版社,2016
　　ISBN 978-7-02-011341-5

Ⅰ.①感…　Ⅱ.①林…　Ⅲ.①散文集-中国-当代　Ⅳ.①I267

中国版本图书馆 CIP 数据核字(2015)第 320668 号

责任编辑：廉　萍
特约策划：陶媛媛
封面设计：钱　珺

出版发行	人民文学出版社
社　　址	北京市朝内大街 166 号
邮政编码	100705
网　　址	http://www.rw-cn.com
印　　制	山东临沂新华印刷物流集团
经　　销	全国新华书店等
字　　数	150 千字
开　　本	890×1240 毫米　1/32
印　　张	8.75
版　　次	2014 年 1 月北京第 1 版
印　　次	2016 年 2 月第 1 次印刷
书　　号	978-7-02-011341-5
定　　价	42.00 元

目 录

总序　乃敢与君绝......1

自序　愿一切的美好都与我们同在......1

辑一　河的感觉

佛鼓......3

我似昔人，不是昔人......13

猫头鹰人......22

养着水母的秋天......28

分别心与平等智......35

河的感觉......44

一滴水到海洋......53

金刚经二帖......59

拈花四品......63

辑二　发芽的心情

迷路的云......71

发芽的心情......82

黄昏菩提......89

飞入芒花......100

法圆师妹......109

刺花......127

光之四书......139

季节十二帖......151

有情十二帖......160

辑三　温一壶月光下酒

卷帘......175

清欢......185

正向时刻......193

温一壶月光下酒......199

味之素......209

食家笔记......218

一味......240

总序　乃敢与君绝

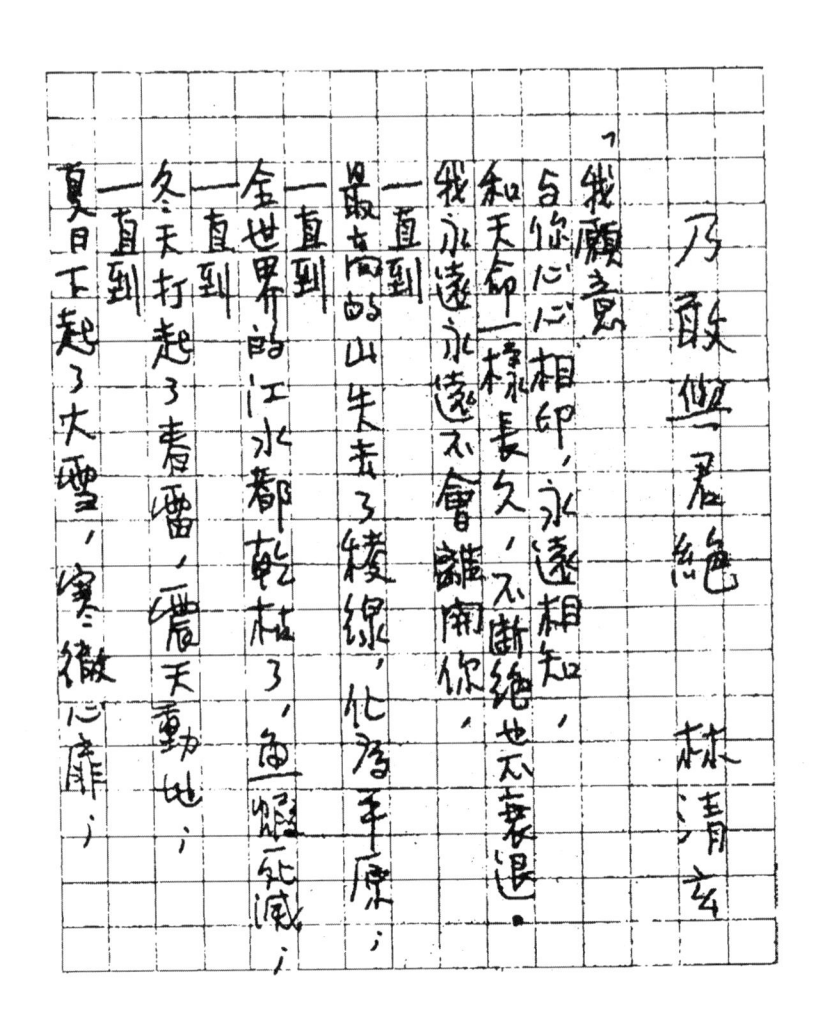

乃敢与君绝　林清玄

"我愿意
与你心心相印，永远相知，
和天命一样长久，不断绝也不衰退。
我永远永远不会离开你，

一直到
最高的山失去了棱线，化为平原；
一直到
全世界的江水都乾枯了，鱼虾死灭；
一直到
冬天打起了春雷，震天动地；
一直到
夏日下起了大雪，寒彻心扉；

我愿意

与你心心相印,永远相知,

和天命一样长久,不断绝也不衰退。

我永远永远不会离开你,

一直到

最高的山失去了棱线,化为平原;

一直到

全世界的江水都干枯了,鱼虾死灭;

一直到

冬天打起了春雷,震天动地;

一直到

夏日下起了大雪,寒彻心扉;

一直到

天地黏在一起,无日无夜,

一直到

这世界全部颠倒,

我才敢和你分离呀!

这是我最喜爱的一首古乐府诗(《上邪》)的译文,原文是这样子:

"上邪！我欲与君相知，长命无绝衰。山无陵，江水为竭，冬雷震震，夏雨雪，天地合，乃敢与君绝！"

我在少年时代第一次读到这首诗，是盛夏时节坐在漫天的凤凰树下，当时因为感动，全身不停颤抖。

天呀！在千年之前，就有一个少女为情爱立下如此坚强、如此惊天动地的誓言，这不只是"海枯石烂"，而是世界毁灭了。

即使世界崩毁，我爱你的心永远永远不会改变！是多么浪漫、热情、有力量，令人动容。

千年之后，放眼今世，还有几人能斩钉截铁地说出这么壮阔的誓言！

文学就是这样，短短的三十五个字，跨越时空，带着滚烫的热气，像是浓云中的闪电，到现在还让我们触电，仿佛看见一道强烈的闪光！

一句话也没说

这是最令人震动的情诗。

而最令人震动的爱情故事，我以为是司马相如和卓文君。

司马相如是汉朝的大才子,年轻的时候在梁孝王手下当文学侍从,当时写了《子虚赋》,闻名天下。梁孝王驾崩之后,他回到故乡成都,日子过得很艰难,几乎三餐不继。

临邛县令很欣赏司马相如,有一天,临邛的大富翁卓王孙宴客,县令邀请相如一起去参加。卓王孙家仅奴仆就有八百多人,庭园大到看不见边,说多豪华就有多豪华。

一身布衣的司马相如,完全无视于豪侈的景象,自在地喝酒、自在地散步,看见院中有一把古琴,就随兴坐下来弹琴,非常潇洒。

卓王孙的女儿卓文君在附近听见动人的琴声,跑过来看,看见司马相如一表人才,一见倾心。司马相如则是天雷勾动地火,立刻爱上卓文君。

两人四目相望,一句话也没说。

夜里,卓文君悄悄来找司马相如,司马相如牵起她的手,穿过豪华广大的庄园,走出气派雄浑的大门,连夜跑回成都去了。

他们一毛钱也没带,甚至没有一件多余的衣服。

为了生活,文君只好在街上当垆卖酒,而大才子司马相如则跑堂、打杂、洗碗碟。

夜里,偶而写写文章。

有一天，汉武帝偶然读到《子虚赋》，非常欣赏相如的才华，立刻派人到成都，把司马相如和卓文君接到长安，留在自己身边做官。

不用洗碗碟了，司马相如专心写作，后来又写了《上林赋》《大人赋》《长门赋》……成为西汉第一位伟大的文学家。

司马相如的文章就像他的爱情一样，恢宏、浪漫、壮美，令人目不暇接。

看看今天的人吧！谁有那样的勇气？一句话不说就能相守一生？第一次相见就为爱出走？对房子、车子、财富不屑一顾，只纯粹地去爱，去追寻。

读到司马相如和卓文君的爱情是在我的青年时代，时在阳明山，我在大雾弥漫的箭竹林里穿行，抬起头来，看着一只苍鹰在山与蓝天之边界，自在悠游。

我想着：如果有那么一天，我遇到一位一句话都不用说就能相守一生的人，我是不是能有司马相如那样一往无悔的勇气？我是不是能放下世俗的一切，大步向前？

经过三十年，我证明了自己也能一往无悔，大步向前！

那是因为我们都有文学的心，文学使我们不失去热情，有浪漫的情怀，愿意用一生去爱、去追寻、去完成更高的境界。

志在千里,壮心不已

历史上,最被人误解的文学家,应该是曹操。

由于《三国演义》把曹操写得狡诈,曹操就成为奸臣的代表,其实,他的才华远远胜过刘备和孙权,年轻的时候就立志结束分崩离析的乱世,使天下归于太平。

有一次,他出征打仗,路过渤海,站在碣石山上,看着浩瀚的大海,写了一首诗《观沧海》:

> 东临碣石,以观沧海。
> 水何澹澹,山岛竦峙。
> 树木丛生,百草丰茂。
> 秋风萧瑟,洪波涌起。
> 日月之行,若出其中。
> 星汉灿烂,若出其里。
> 幸甚至哉,歌以咏志!

看哪!那海上峙立的岛,是我的志向!那丰茂翠绿的草,是我的志向!那海上汹涌的巨浪,是我的志向!日月从海上升起,是我的志向！灿烂的星空倒映海里，是我的志向！我何其有幸看见这伟大的海洋，写一首歌来咏叹我的立志。

读到这首诗时，我刚步入中年，正在宜兰的海边，远望龟山岛，想到这个被误解千年的文学家曹操，他的胸怀是何等的宏伟巨大，如今读来，还是让人震动！

因为心胸开展、意志坚决，曹操一直到老，仍有满腔热血，他说："老骥伏枥，志在千里，烈士暮年，壮心不已。"

由于他的文化素养，他教出两个了不起的儿子曹丕、曹植，父子三人被誉为"三曹"，是建安文学最经典的人物。

曹丕说得很好，他认为文章是经国的大业、不朽的盛事，人的寿命有限，富贵也如浮云，死后都会成空，只有文学会永垂不朽，具有长久的价值！

"三曹"去今久矣！但我们现在读到《观沧海》、《燕歌行》、《白马篇》、《洛神赋》，都还会感动不已！

我最喜欢曹丕说的"文以气为主"的见解，文学家都是不同的，各有性情和气质，文章风格自然不同，这是美好的事，不必抬高或贬低。

正如太康诗人左思说的："贵者虽自贵，视之若埃尘。贱者虽自贱，重之若千钧！"文章的贵贱，谁分得清呢？

天地为之久低昂

杜甫偶然看见公孙大娘的弟子舞剑,感动不已,写下了《观公孙大娘弟子舞剑器行并序》:

> 昔有佳人公孙氏,一舞剑器动四方;
> 观者如山色沮丧,天地为之久低昂。
> 爧如羿射九日落,矫如群帝骖龙翔。
> 来如雷霆收震怒,罢如江海凝清光。
> ……

读之,令人低徊不已,杜甫透过诗歌,把公孙大娘弟子舞剑时,那种气势、动作、伸展、优美、力道……写到了极处,动的时候,威猛强过雷霆,停的时候,仿佛江海都静止了,连天地都为之低徊不已。

透过文字与想象,我们感到不可思议的美!

假设,当时有录影机或手机,有人录下公孙大娘的舞剑,传到 YouTube 网上,我们看了,会有杜甫那样的感动吗?

肯定不会,因为五色已经令我们目盲了,过多的平面的影像,使我们的感觉匮乏了。不管多么惊人的影像,再也无法激起我们的感动,再也不能了!

被贬为江州司马的白居易,有一个秋天的夜晚,他在浔阳江头送别朋友,突然听见江上的船上传来一阵琵琶声,后来他写成一首感人的长诗《琵琶行》:

> 千呼万唤始出来,犹抱琵琶半遮面。
> 转轴拨弦三两声,未成曲调先有情。
> 弦弦掩抑声声思,似诉平生不得志。
> 低眉信手续续弹,说尽心中无限事。
> 轻拢慢捻抹复挑,初为霓裳后六幺。
> 大弦嘈嘈如急雨,小弦切切如私语。
> 嘈嘈切切错杂弹,大珠小珠落玉盘。
> 间关莺语花底滑,幽咽流泉冰下难。
> 冰泉冷涩弦凝绝,凝绝不通声暂歇。
> 别有幽愁暗恨生,此时无声胜有声。
> 银瓶乍破水浆迸,铁骑突出刀枪鸣。
> 曲终收拨当心画,四弦一声如裂帛。
> 东船西舫悄无言,唯见江心秋月白。
> ……

白居易把琵琶忽快忽慢、时高时低、有时停顿稍歇、有时奔放飞扬的节奏,写得淋漓尽致,光是一首《琵琶行》就有多少名句:"千呼万唤始出来"、"未成曲调先有情"、"大珠小珠落玉盘"、"此时无声胜有声"、"唯见江心秋月白"!

如果有人当场录了音,转录到网络上,任人下载,我们听了,会有白居易那样的感动吗?

肯定也不会,因为五音已经令我们耳聋了,太多的泛泛之声,靡靡之音,已经使我们的感觉僵化了,再也不会有天籁那样的感动,再也不会了!

五色、五音,还有五欲,已经使我们的心发狂,我们无法透过文学来验证我们的想象力。

文学没落并不是我们发狂的原因,但文学没落确实使我们的心灵为之枯寂!

一直向往远方

在一个贫困而单调的年代,我生长在偏远又平凡的农村,那个年代,还没有电脑和网络,甚至连电视电影都没有。那个农村,缺乏任何影音和娱乐。

陪伴我长大的，只有很少数的文学作品和书报。

文学的情怀，使我在很年少的时代，就感到像《诗经》古诗那样的深情，相信世上有永恒的情感。

文学的情怀，使我养成了纯粹的心灵，像司马相如一样，无视庸俗与豪奢，无忌流言与蜚语，勇于追寻，一往无悔。

文学的情怀，使我能立志，志在千里、壮心不已，从青年到老年，一直向往森林、海洋、云彩、天空与远方！

文学创作是我生命的宝藏，使我敢于与众不同，常抱感动的心！回观我写作的四十年，我很庆幸自己是一个作家，以爱为犁、以美为耙、以智慧为种子、以思想为养料，耕耘了一片又一片的田地。

那隐藏着的艰难、汗水与血泪，是很少人知悉的。

"上海九久读书人"与人民文学出版社计划推出我的系列作品，九歌出版社的朋友希望我写几句话，思及自己的文学因缘，不禁感慨系之。

我和创作，不会离别

去年秋天，清华大学创校一百周年，邀请我去演讲。

一个学生问我:"林老师,我们都知道您写了一百多本书,您有没有预计这辈子写多少书,您会写到什么时候?"

我告诉学生,我不知道今生会写几本书,但是,我知道我会写到离开世间的最后一刻。

我引用了《上邪》那首古老的诗:

> 山无陵,江水为竭,冬雷震震;
> 夏雨雪,天地合,乃敢与君绝!

文学创作就是我的"君",除非世界绝灭,我和创作,不会离别。

二〇一一年初冬

台北外双溪清淳斋

自序　愿一切的美好都与我们同在

我苦,故我在

人人都知道笛卡尔(Rene Descartes)的名句:

"我思,故我在。"(I think, therefore I am.)

却很少人知道,笛卡尔曾说过一句感受更深刻的话:

"我苦,故我在。"(I suffer, therefore I am.)

讲出"我思,故我在"的笛卡尔,当时不过是个三十岁的青年，尚未经历深刻的人生考验，而是在梦中得句，梦里忽然得到石破天惊的一句，他回忆起那感人的片刻时说：

"一种突如其来的光华透体而过，照彻我的身心。那一天，我在梦中听到一声青天霹雳，仿佛真理之神从天而降，对我发出了震聋启聩的吼声。"

他突然想通了一直困扰他的问题：

觉醒时浮现于脑海的思想，为什么会在梦里重现？

假如梦境是虚妄的，做梦的人，是不是真的存在呢？

不思不想的人，算不算存在呢？

不会怀疑"谁是我？什么是我？"的人，又算不算存在呢？

怀疑的本身，就证实了怀疑者的存在，否则，怀疑又从何而来呢？

清醒之后，他把这些困惑想了一遍，作了一个结论："我思，故我在！"

他确立了在"存在"的意义里，思想比肉体更能彰显存在的价值。"我思"，是"我怀疑"，"故我在"是"所以我得到真理。"

我就是怀疑的主体。

我就是能够思想的事物或心智。

> 我可以怀疑我的躯体和赖以生存的物质世界是不是真实地存在着，但是我不能否定怀疑的主体或思想本身的存在性。
>
> 由此可知，我是一种能思能虑的事物。
>
> 这种事物不一定要有物质和方位才能生存。
>
> 这个事物就是我，我就是灵魂。
>
> 灵魂和躯体不同，没有灵魂，我就不能成为我，更谈不上怀疑和思虑了。
>
> 我的躯体不存在了，灵魂却依然故我，长驻久存。

笛卡尔描绘出人类共同的形象——在一个机械式呆板的躯壳里，住着一个活生生的灵魂。

片刻忧伤，淹没永恒的思想

笛卡尔终生未婚，却和情人生了一个女儿弗兰辛妮。

他非常钟爱女儿，认为世界上没有任何事物比女儿更值得珍视，他正计划把女儿带到文明的巴黎教养之际，爱女却突然患不治之症夭折了。

笛卡尔痛不欲生，感觉到"片刻的忧伤，几乎淹没了永恒的思想",在极端的痛苦中,他回到了思想的堡垒,他再度证实了存在,使自己对生命的"怀疑论"更为确立。

他说:"我苦,故我在。"

在深沉的痛苦里,平凡人选择逃避与遗忘,哲学家却更深刻地体会了存在。

灵魂该起床的时候

笛卡尔应邀到瑞典担任皇家的哲学教师,主要的学生是瑞典女王克丽丝汀。

女王坚持每天在天刚破晓时上哲学课,所以,笛卡尔必须半夜摸黑起床,冒着风雪进宫,这对一向晚起的笛卡尔是可怕的折磨,一直到最后病倒在床,他说:"我是一个活灵魂,无时无刻不在追求真理。"

一六五〇年二月十一日,笛卡尔在黑暗中睁开眼睛,问侍者说:"现在是什么时候?"

"现在是清晨四点。"

"我该起床了,女王已经在宫里等我讲课了。"

他坐起来,因为体力不支又倒下。

他说:"这该是灵魂起床的时候了!"

笛卡尔闭上眼睛,进入永恒的梦乡。

悟者,吾心归处

"我思,故我在!"

没有思想,就没有我的存在。没有怀疑,就没有真理。

我想起丹霞天然禅师,在天寒地冻的雪夜,把庙里的佛像拿来烧火取暖。

庙里的和尚非常气愤,质问他:"你怎么可以烧佛像呢?"

"我烧来看看,佛像里有没有舍利子!"

"佛像里怎么可能会有舍利子?"

"既然没有舍利子,再拿几个来烧吧!"

佛像最真实的意义,不在他的外表,而在他是一个思想的象征,是佛法的表现,如果只知道礼拜佛像,却不去探索佛的思想,不去了解佛法的实意,那还不如烧了吧!

丹霞天然不是在烧佛像,而是希望大破大立,让寺里的和尚了悟"我思,故我在!"

"悟",乃"吾心归处",正是"我思,故我在!"

苦行如握土成金

"我苦,故我在!"

苦,是人生里最真切的感受。

佛教就是根源于苦的宗教,是希望能"离苦得乐"、"拔苦与乐"的宗教。

苦比乐优于见道,因为苦比乐敏锐、锋利、绵密、悠长、广大、无法选择、不可回避。

在苦谛的世间,痛苦兵临城下,就会感受到真真实实的存在。

因此,苦的时候,不要白白受苦,总要苦出一点存在的意义,苦出一些生命的超越。

> 若契本心,发随意真光之用,则苦行如握土成金。
>
> 若唯务苦行而不明本心,为憎爱所缚,则苦行如黑月夜履于险道。

僧那禅师如是说。

如果能契入存在的本心,启发随意光明的妙用,苦行就像握着泥土变成黄金。如果只知道苦行，却不明白体会本心，被怨憎和贪爱所束缚，苦行就像黑暗的夜晚在险峻的路上行走。

苦行是这样，生命中的苦难也是这样，苦难是人生路上的泥土，只有深切体会苦谛苦境的人，能把泥土握成黄金。

我们每天都在走出东门、西门、南门、北门呀！就只有释迦牟尼每次都看到了"我苦，故我在！"也证明了"我已解脱，苦也寂灭！"

知苦、断集、慕灭、修道，哪一个不在当下呢？

"热即取凉，寒即向火。"每次遇到生命的苦冲击时，我就想起长沙景岑禅师的话语："热了就去乘凉，冷了就去烤火。"生命就是如此，快乐时不要失去敏锐的觉察，痛苦时不要失去最后的希望！

一片树叶也会摇动春风

笛卡尔被誉为近代哲学之父，因为他是中世纪以来最早突破经院哲学的思想桎梏，敢于怀疑、敢于理性、敢于独立思想的哲学家。

禅宗的祖师也是如此，"佛来佛斩，魔来魔斩"，"丈夫自有冲天志，不向如来行处行"，"随缘而行，随处自在"，因为大破，所以大立,因为大疑,所以大悟!

"思"与"在"、"疑"与"悟",都不是过去与未来的,而是当时当刻,刻刻如金。

寻求生命终极的人,要把全身心倾注于迎面而来的每一刻,终有一天会发现,不只春风会吹抚树叶,一片树叶也会摇动春风,带来全部的春天,春风与树叶,是同时存在的。

芦苇与甘蔗同饮溪水

人生是苦,苦是泥泞,我们是不是要永远在泥地行走?或者抬头仰望天上的明星?

我既无法断除苦的现实,只好锻炼心灵飞离现实的困局,所以要在心上长出一双翅膀。

一边翅膀是神秘的渴望,一边翅膀是美好的梦想。

一边翅膀是彼岸的追寻,一边翅膀是此岸的探索。

一边翅膀是理想的情境,一边翅膀是感情的真挚。

一边翅膀是悲愿的光芒,一边翅膀是道心的钻石。

每个人需要的翅膀不同,但是人人都需要翅膀,人人也都需要飞行、提升与超越。

我思，故我在！我苦，故我在！我飞，故我在！

诗人鲁米（Rumi）有一首两行的短诗：

> 两种芦苇共饮一条溪水，
> 其一中空，其二为甘蔗。

为什么站在溪水边的两种芦苇，有一种可以生出甜蜜的汁液呢？这使我想起爱因斯坦说过类似的话：

> 生活方式只有两种，
> 一种是认为世上没有奇迹，
> 一种是认为无事不是奇迹。

认为世上没有奇迹的人，内心是空的；认为无事不是奇迹的人，内心就有甜蜜，还能把甜蜜分给别人。

我们都是站在大化的水边同饮一条溪水的人呀！我愿自己是相信奇迹无处不在的人，我也愿自己是内心有甜美汁液并能分享的人。

文学是我的净土

我想,因为内心美好,深信无事不是奇迹,使我成为一个文学家吧!

寻索我创作的源头,若用最简单的话说,正是悲愿与道心的实现。写作,于我是一种悲愿,希望人能更确立情感的价值,追寻美好的境界,体会文明的生活;永远坚持写作,于我是一种道心,苦乐如是,成败如是,得失如是,每天每天,书桌是我的供桌,是我的坛城,是我的朝圣,也是我的净土,我愿以笔焚香,来供养世界、供养众生、供养一切的有情。

重读这些从少年时代、青年时代、一直到如今的作品,仿佛循着岁月的台阶,一步一步向上攀登,每一步都那么真实,偶然回头一望,山上风景甚美,山风非常凉爽,连那登山时的汗水也变得甜美了。

以一个文学家的观点来看,我在从前,不论是二十岁,或是三十岁;不论是四十岁,或是五十岁;就已经写出许多美好的作品了。在重读整理这些作品时,自己也常感动得盈满泪水。现在思想已开,境界已立,书写自在,回观昔日写作,都深信它经得起时间与空间的考验,确实有重新出版的价值。

将近四百年前，笛卡尔三十岁的时候说："我思，故我在。"

四十岁，他说："我苦，故我在。"

五十四岁，留下最后的话语："这该是灵魂起床的时候了。"

思想家不能免于沉思与受苦，文学家，亦如是。

愿一切的美好都与我们同在

"沉思"与"受苦"，并不是一般的胡思乱想、受苦受难，而是感觉、思想、精神、灵魂与凡俗生活的拔河。

文学写作，乃至一切文明、艺术、思想的创发，都是与世俗的拔河，希望能登上更高的阶梯，希望能触及更美的境界，他拉的长绳比一般人更巨大、更沉重，面对的庸俗人生有着难以超拔的拉力，所以"我思"、"我苦"、"我在"！

幸好，创作者的感觉与灵魂可以互相安慰、互相支持，才能在寂寞漫长的创作中，还保有饱满与真切的心。

王尔德说："除了感觉，没有什么可以治疗灵魂；正如除了灵魂之外，没有什么可以治疗感觉。"

感觉与灵魂牵手前行，再加上创造的意志，使我们在挫折、考验、颠踬中，也不失去创作的心。

我与九歌结缘近三十年，出版了三十几部书，留下了从青年到如今文学创作的重要历程。感谢读者的厚爱，这些书销售了数百万册，陪伴数百万人成长，度过了美好的岁月。回观这些年的写作，也正是感觉与灵魂互相安慰，思想与感性扶持成长的旅程，我热爱这种成长，也确立这种价值，因此，趁着新年，将这些书作了一个总整理，给予全新的面貌，推出两册散文选《思想的天鹅》、《感性的蝴蝶》。

感性与思想是我的文学双翼，正如天鹅带着理想的壮怀飞越万里，蝴蝶不停采撷生活的花蜜，我愿有悲智双翼，能飞翔天际，继续探知春天的消息。

"除了思想，没有什么可以支持感性。正如除了感性之外，没有什么可以支持思想。"

日日是好日，在每天黎明的时刻，不论阴晴、不论苦乐，我都会坚持写作。

步步开莲花，正如从前，我会以悲愿、以道心，把作品献给有缘的朋友，让大家分享我的感觉、我的灵魂、我的悲喜、我的成长。

我庆幸自己是深信无事不是奇迹的人，窗外飘过的白云，门前流过的溪水，天际盘桓的苍鹰，细语呢喃的燕子，孩子天真的话语，人间深情的呼唤，大化无声的天籁……这一切，从前是那么美好，今天依然动人，未来，不论多长的时空，都将是美好而动人。

愿一切的美好都与我们同在！

二〇〇四年新春
台北双溪清淳斋

辑一 河的感觉

佛　　鼓

住在佛寺里，为了看师父早课的仪礼，清晨四点就醒来了。

走出屋外，月仍在中天，但在山边极远极远的天空，有一些早起的晨曦正在云的背后，使灰云有一种透明的趣味，灰色的内部也仿佛早就织好了金橙色的衬里，好像一翻身就要金光万道了。

鸟还没有全醒，只偶尔传来几声低哑的短啾，听起来像是它们在春天的树梢夜眠有梦，为梦所惊，短短地叫了一声，翻个身，又睡去了。

最鲜明的是醒在树上一大簇一大簇的凤凰花。这是南台湾的五月，凤凰的美丽到了峰顶，似乎有人开了染坊，就那样把整座山染红了，即使在灰蒙的清晨的寂静里，凤凰花的色泽也是非常雄辩的。它不是纯红，但比纯红更明亮，也不是橙色，却比橙色更艳丽。比起沉默站立的菩提树,在宁静中的凤凰花是吵闹的,好像在山上开了花市。

说菩提树沉默也不尽然。经过了寒冷的冬季,菩提树的叶子已经落尽,仅剩下一株株枯枝守候春天,在冥暗中看那些枯枝,格外有一种坚强不屈的姿势,有一些生发得早的,从头到脚怒放着嫩芽,翠绿、透明、光滑、纯净,桃形叶片上的脉络在黑夜的凝视中,片片了了分明。我想到,这样平凡单纯的树竟是佛陀当年成道的树,自己就在沉默的树与精进的芽中深深地感动着。

这时,在寺庙的角落中响动了木板的啪啪声,那是醒板,庄严、幽微地唤醒寺中的师父。醒板的声音其实是极轻极轻的,一般凡夫在沉睡的时候不可能听见,但出家人身心清净,不要说是行板,一根树枝落地也是历历可闻的吧!

醒板拍过,天空逐渐有了清明的颜色,燕子的声音开始多起来,像也是被醒板叫醒,准备着一起做早课了。

然后钟声响了。

佛寺里的钟声悠远绵长,犹如可以穿山越岭一般。它深深地渗入人心,带来一种警醒与沉静的力量。钟声敲了几下,我算到一半就糊涂了,只知道它先是沉重缓慢的咚嗡咚嗡咚嗡之声,接着是一段较快的节奏,嗡声灭去,仅剩咚咚的急响,最后又回到了明亮轻柔的钟声，在山中余韵袅袅。

听着这佛钟，想起朋友送我一卷见如法师唱念的"叩钟偈"。那钟的节奏是单纯缓慢的，但我第一次在静夜里听叩钟偈，险些落下泪来，人好像被甘露遍洒，初闻天籁，想到人间能有几回听这样美的音声，如何不为之动容呢？

晨钟自与叩钟偈不同。后来有师父告诉我，晨昏的大钟共敲一百零八下，因为一百零八下正是一岁的意思。一年有十二个月，有二十四个节气，有七十二候，加起来正合一百零八，就是要人岁岁年年日日时时都要警醒如钟。但是另一个法师说一百零八是在断一百零八种烦恼，钟声有它不可思议的力量。到底何者为是，我也不能明白，只知道听那钟声有一种感觉，像是一条飘满了落叶尘埃的山径，突然被钟声清扫，使人有勇气有精神爬到更高的地方，去看更远的风景。

钟声还在空气中震荡的时候，鼓响起来了。这时我正好走到"大悲殿"的前面，看到逐渐光明的鼓楼里站着一位比丘尼，身材并不高大，与她面前的鼓几乎不成比例，但她所击的鼓竟完整地包围了我的思维，甚至包围了整个空间。她细致的手掌，紧握鼓槌，充满了自信，鼓槌在鼓上飞舞游走，姿势极为优美，或缓或急，或如迅雷，或如飙风……

我站在通往大悲殿的台阶上看那小小的身影击鼓,不禁痴了。那鼓,密时如雨,不能穿指;缓时如波涛,汹涌不绝;猛时若海啸,标高数丈;轻时若微风,拂面轻柔;它急切的时候,好像声声唤着迷路孩子归家的母亲的喊声;它优雅的时候,自在一如天空飘过的澄明的云,可以飞到世界最远的地方……那是人间的鼓声,但好像不是人间,是来自天上或来自地心,或者来自更邈远之处。

鼓声歇止有一会儿,我才从沉醉的地方被叫醒。这时《维摩经》的一段经文突然闪照着我,文殊师利菩萨问维摩诘居士:"何等是菩萨入不二法门?"当场的五千个菩萨都寂静等待维摩诘的回答,维摩诘怎么回答呢?他默然不发一语,过了一会儿,文殊师利菩萨赞叹的说:"善哉、善哉!乃至无有文字、语言,是真入不二法门。"

后来有法师说起维摩诘的这一次沉默,忍不住赞叹地说:"维摩诘的一默,有如响雷。"诚然,当我听完佛鼓的那一段沉默里,几乎体会到了维摩诘沉默一如响雷的境界了。

往昔在台北听到日本"神鼓童"的表演时,我以为人间的鼓无有过于此者,真是神鼓!直到听闻佛鼓,才知道有更高的世界。神鼓童是好,但气喘咻咻,不比佛鼓的气定神闲;神鼓童是苦练出来的，表达了人力的高峰，佛鼓则好像本来就在那里，打鼓的比丘尼不是明星，只是单纯的行者；神鼓童是艺术，为表演而鼓，佛鼓是降伏魔邪，度人出生死海，减少一切恶道之苦，为悲智行愿而鼓，因此妙响云集，不可思议。

最重要的是，神鼓童讲境界，既然讲境界就有个限度；佛是不讲境界的，因而佛鼓无边，不只醒人于迷，连鬼神也为之动容。

佛鼓敲完，早课才正式开始，我坐下来，在台阶上听着大悲殿里的经声，静静地注视那面大鼓，静静地，只是静静地注视那面鼓，刚刚响过的鼓声又如潮汹涌而来。

殿里的燕子也如潮在面前穿梭细语，配着那鼓声。

大悲殿的燕子

配着那鼓声，殿里的燕子也如潮地在面前穿梭细语。

我说如潮，是形影不断，音声不断的意思。大悲殿一路下来，到女子佛学院的走廊、教室，密密麻麻全是燕子的窝巢，每走一步抬头，就有一两个燕窝，有一些甚至完全包住了天花板的吊灯，包到开灯而不见光。但是出家人慈悲为怀，宝爱着燕子，在生命面前，灯算什么呢？

我仔细地看那燕窝，发现燕窝是泥塑的长形居所，它隆起的形状，很像旧时乡居土鼠的地穴。每一个燕窝住了不少燕子，一个头钻出来，一剪翅，一只燕子飞远了，接着另一只钻出头来，一个窝总住着六七只燕，是不小的家庭了。

几乎是在佛鼓敲的同时，燕子开始倾巢而出。天空上同时有了一两百只燕子在啁啾，穿梭如网，那一大群燕子，玄黑色的背，乳白色的腹，剪刀一样的翅膀和尾羽，在早晨刚亮的天空下有一种非凡的美丽。也有一部分熟练地从大悲殿的窗户飞进飞出地戏耍，在庄严的诵经声中，有一两句是轻嫩的燕子的呢喃，显得格外活泼起来。

燕子回巢时也是一奇，俯冲进入屋檐时并未减缓速度，几乎是在窝前紧急煞车，然后精准地钻进窝里，看起来饶有兴味。

大悲殿里燕子的数目，或者燕子的年龄，师父也并不知。有一位师父说得好，她说："你不问，我还以为它们一直是住这里的，好像也不曾把它们当燕子，而是当成邻居。你不要小看了这些燕子，它们都会听经的，每天早晚课，燕子总是准时地飞出来，天空全是燕子。平常就稀稀疏疏了。"

至于如何集结这样多的燕子，师父都说，佛寺的庄严清净慈悲喜舍是有情生命全能感知的。这是人间最安全之地，所以大悲殿里还有不知哪里跑来的狗，经常蹲踞在殿前，殿侧的大湖开满红白莲花，湖中有不可数的游鱼，据说听到经声时会浮到水面来。

过去深山丛林寺院，时常发生老虎、狐狸伏在殿下听经的事。听说过一个动人的故事，有一回一个法师诵经，七八只老虎跑来听，听到一半有一只打瞌睡，法师走过去拍拍它的脸颊说："听经的时候不要睡着了。"

我们无缘见老虎闻法，但有缘看到燕子礼佛、游鱼出听，不是一样动人吗？

众生如此，人何不能时时警醒？

木鱼之眼

众生如此，人何不能时时警醒？

谈到警醒，在大雄宝殿、大智殿、大悲殿都有巨大的木鱼，摆在佛案的左侧，它巨大厚重，一人不能举动，诵经时木鱼声穿插其间。我常觉得在法器里，木鱼是比较沉着的，单调的，不像钟鼓磬铍的声音那样清明动人，但为什么木鱼那么重要？关键全在它的眼睛。

佛寺里的木鱼有两种，一种是整条挺直的鱼，与一般鱼没有两样，挂在库堂，用粥饭时击之；另一种是圆形的鱼，连鱼鳞也是圆形，放在佛案，诵经时叩之；这两种不同形的鱼有一个共同的特征，就是眼睛奇大，与身体不成比例，有的木鱼，鱼眼大如拳头。我不能明白为何鱼有这么大的眼睛，或者为什么是木鱼，不是木虎、木狗，或木鸟？问了寺里的法师。

法师说："鱼是永远不闭眼睛的，昼夜常醒，用木鱼做法器是为了警醒昏惰的人，尤其是叫修行的人志心于道，昼夜常醒。"

这下总算明白了木鱼的巨眼，但是那么长的时间醒着做些什么，总不能像鱼一样游来游去吧！

法师笑了起来："昼夜长醒就是行住坐卧不忘修行，行法则不外六波罗蜜：一布施，二持戒，三忍辱，四精进，五禅定，六智慧，这些做起来，不要说昼夜长醒时间不够，可能五百世也不够用。"

木鱼是为了警醒，假如一个人常自警醒，木鱼就没有用处了。我常常想，浩如瀚海的佛教经典，其实是在讲心灵的种种尘垢和种种磨洗的方法，它只有一个目的，就是恢复人的本心里明澈朗照的功能，磨洗成一面镜子，使对人生宇宙的真理能了了分明。

磨洗不能只有方法，也要工具。寺院里的佛像、舍利子、钟鼓鱼磬、香花幢幡，无知的人目为迷信的东西，却正是磨洗心灵的工具，如果心灵完全清明，佛像也可以不要了，何况是木鱼呢？

木鱼作为磨洗心灵的工具是极有典型意义的，它用永不睡眠的眼睛告诉我们，修行没有止境，心灵的磨洗也不能休息；住在清净寺院里的师父，昼夜在清洁自己的内心世界，居住在五浊尘世的我们，不是更应该磨洗自己的心吗？

我们不应忘了木鱼，以及木鱼的巨眼。

以木鱼为例，在佛寺里，凡人也常有能体会的智慧。

低头看得破

在佛寺里，凡人也常有能体会的智慧。

像我在寺里看到比丘和比丘尼穿的鞋子，就不时地纳闷起来，那鞋其实是不实用的。

一只僧鞋前后一共有六个破洞，不是为了美观，似乎也不是为了凉爽。因为，假如是为了凉爽，大部分的出家人穿鞋，里面都穿了厚的布袜，何况一到冬天就难以保暖了。假如是为了美观，也不然，一来出家只求洁净，不讲美观；二来僧鞋的黑、灰、土三色都不是顶美的颜色。

有了，大概是为了省布，节俭守戒是出家人的本分。

也不是，因为僧鞋虽有六洞，制作上的布料和连着的布是一样的，而且反而费工。

那么，到底是为什么，僧鞋要破六个洞呢？

我遇到了一位法师，光是一只僧鞋的道理，他说了一个下午。

他说，僧鞋破六个洞是要出家人"低头看得破"。低头是谦诚有礼，看得破是要看破眼耳鼻舌身意六根，看破色声香味触法六尘，以及参破六道轮回，看破贪瞋痴慢疑邪六大烦恼。甚至也要看破人生的短暂，人身的渺小。

从积极的意义来说，这六个破洞是"六法戒"，就是不淫、不盗、不杀、不妄语、不饮酒、不非时食；是"六正行"，就是读诵、观察、礼拜、称名、赞叹、供养；以及是"六波罗蜜"，就是布施、持戒、忍辱、精进、禅定、智慧……

小小一只僧鞋就如此天地无边广大了，让我们不得不佩服出家人。出家人不穿皮制品，因为非杀生不足以取皮革。出家人也不穿丝制品，因为一双丝鞋，可能需要牺牲一千条蚕的性命呢！就只是穿棉布鞋，规矩不少，智慧无量。

最后我请了一双僧鞋回家，穿的时候我总是想：要低得下头，要看得破！

我似昔人,不是昔人

1

憨山大师有一年冬天读《肇论》,对里面僧肇大师谈到的"旋岚偃岳而常静,江河竞注而不流"感到十分疑惑,心思惘然。

又读到书里的一段:有一位梵志从幼年出家,一直到白发苍苍才回到家乡,邻居问梵志说:"昔人犹在耶?"梵志说:"吾似昔人,非昔人也。"憨山豁然了悟,说:"信乎!诸法本无去来也!"

然后,他走下禅床礼佛,悟到无起动之相,揭开竹帘,站立在台阶上,忽然看到大风吹动庭院里的树,飞叶满空,却了无动相,他感慨地说:"这就是旋岚偃岳而常静呀!"又看到河中流水,了无流相,说:"此江河竞注而不流呀!"于是,去来生死的疑惑，从这时候起完全像冰雪融化一样，随手作了一首偈：

> 死生昼夜，水流花谢。
> 今日乃知，鼻孔向下。

2

我每一次想到憨山大师传记里的这一段，都会感动不已，它似乎在冥冥中解释了时空岁月的答案。

表面上看，山上的旋岚、飘叶、云飞，是非常热闹的，但是山的本身却是那么安静——河中的水奔流不停，但是河的本质并没有什么改变。人的生死，宇宙的昼夜，水的奔流，花果的飘零，都像是这样，是自然的进程罢了。

这就是为什么梵志白发回乡，对邻居说："我像是从前的梵志，却已经不是以前的梵志了。"

岁月在我们的身上，毫不留情地写下刻痕，在每一次揽镜自照的时候，都会慨然发现，我们的脸容苍老了，我们的白发增生了，我们的身材改变了，于是，不免要自问："这是我吗？"

这就是从前那一位才华洋溢、青春飞扬、对人世与未来充满热切追求的我吗?

这是我,因为每一步改变的历程,我都如实地经验,还记得自己的十岁、二十岁、三十岁,一步一步的变迁。

这也不是我,因为不论在外貌、思想、语言都已经完全改变了。如果遇到三十年前的旧友,他可能完全不认得我,或许,我如果在街上遇见十岁时的自己,也会茫然地错身而过。

时空与我,在生命的历程上起着无限的变化,使我感到惘然。

那关于我的,到底是我吗? 不是我吗?

3

有一次返乡,在我就读过的"旗山国小"大礼堂演讲,我的两个母校都派了学生来献花,说我是杰出的校友。

演讲完后,遇到了我的一些小学中学的老师,简直不敢与他们相认,因为他们都老得不是原来的样子,当时我就想,他们一定也有同样的感慨吧!没想到从前那个从来不穿鞋上学的毛孩子,现在已经步入中年了。

一位二十年没见的小学同学来看我,紧紧握着我的手说:"二十年没见,想不到你变得这么老了!"——他讲的是实话,我们是两面镜子，他看见我的老去，我也看到了他的白发，其中最荒谬的是，我们都确信眼前这完全改变的同学，是"昔人"，也自信自己还是从前的我。

一位小学老师说："没想到你变得这么会演讲呢！"

我想到，小时候我就很会演讲，只是国语不标准，因此永远没有机会站上讲台，不断挫折与压抑的结果，使我变得忧郁，每次上台说话就自卑得不得了，甚至脸红心跳说不出话来。

连我自己都不能想象，二十几年之后，我每年要做一百多次大型演讲，当然，我的老师更不能想象。

我不只是外貌彻底地改变了，性格、思想也不再是从前的自己。

但是，属于童年的我，却是旋岚偃岳、江河竞注，那样清晰、充满了动感。

4

今年过年的时候，在家里一张被弃置多年的书桌里，找到了我在童年、少年时代的一些照片，黑白的、泛着岁月的黄渍。

我坐在书桌前专注地寻索着那些早已在岁月之流中逝去的自

己，瘦小、苍白，常常仰天看着远方。

那时在乡下的我们，一面在学校读书，一面帮忙家里的农事，对未来都有着茫然之感，只知道长大一定要到远方去奋斗，渴望有衣锦还乡的一天。

有一张照片后面，我写着：

> 男儿立志出乡关，
> 学业无成誓不还。

那是初中三年级，后来我到台南读高中，大学考了好几次，有一段时间甚至灰心丧志，觉得天下之大，竟没有自己容身的地方。想到自己十五岁就离家了，少年迷茫，不知何往。

还有一张是高中一年级的，背后竟早熟地写着：

> 我是谁？
> 我从哪里来？
> 要往哪里去？
> 在人群里，谁认识我呢？

我看着那些照片，试图回到当时的情境，但情境已渺，不复可追。如果我不写说明，拿给不认识从前的我的朋友看，他们一定不能在人群里认出我来。

坐在地板上看那些照片，竟看到黄昏了，直到母亲跑上来说："你在干什么呢？叫好几次吃晚饭，都没听见。"我说在看从前的照片。

"看从前的照片就会饱吗？"母亲说，"快！下来吃晚饭。"

我醒过来，顺随母亲下楼吃晚饭，母亲说得对，这一顿晚饭比从前的照片重要得多。

5

这三十年来，我写了一百多本书，由于工作忙碌，很少回乡，哥哥姐姐竟都是在书里与我相见。

有一次，姐姐和我讨论书中的情节，说："你真的经历这些事吗？"

"是的。"我说。

"真想不到，我的同事都问我，你写的那些是不是真的，我说我也不知道呀！因为我的弟弟十五岁就离家了。"

有时候，我去海外也没有通知家里的人。那时我在报纸和电视台工作，时常到海外去出差，几乎走遍了地球。亲戚朋友偶尔会问：

"这写埃及的，是真的吗？""这写意大利的，是真的吗？"

我的脸上并没有写出我到过的国家，我的眼里也无法映现生命那些私密经验的历程，因此，到后来连我自己也会问自己："这些都是真的吗？"

如果是假的，为什么如此真实？

如果是真的，现在又在何处呢？

生命的经验没有一段是真的，也没有一段是假的，回想起来，真的是如梦如幻，假的又是刻骨铭心，在走过了以后，真假只是一种认定呀！

6

有时候，不肯承认自己五十岁了，但现在的辈分又使我尴尬。

早就有人叫我"叔公"、"舅公"、"姨丈公"、"姑丈公"了，一到做了公字辈，不认老也不行。

我是怎么突然就到了五十岁呢？

不是突然！生命的成长虽然有阶段性，每天却都是相连的，去日、今日与来日，是在喝茶、吃饭、睡觉之间流逝的，在流逝的时候并不特别警觉，但是每一个五年、十年就仿佛是河流特别湍急，不免有所醒觉。

看着两岸的人、风景，如同无声的黑白默片，一格一格地显影、定影，终至灰白、消失。

无常之感在这时就格外惊心，缘起缘灭在沉默中，有如响雷。

生命会不会再有一个五十年呢？如果有，我能为下半段的生命奉献什么？

由于流逝的岁月，似我非我；未来的日子，也似我非我，只有善待每一个今朝，珍惜每一个因缘，并且深化、转化、净化自己的生命。

7

憨山大师觉悟到"旋岚偃岳而常静，江河竞注而不流"的时候，是二十九岁。想来惭愧，二十九岁的时候我在报馆里当主笔，旋岚乱动，江河散流，竟完全没有过觉悟的念头。

现在懂了一点点佛法、体验一些些无常、观照一丝丝缘起，才知道要做一个不受人惑的人是多么艰难。幸好，选到了一双叫"菩萨道"的鞋子，对路上的荆棘、坑洞，也能坦然微笑地迈步了。

记得胡适先生在四十岁时，曾在照片上自题"做了过河卒子，只好拼命向前"，我把它改动一下"看见彼岸消息，继续拼命向前"，来作为自己迈入中年的自勉。

但愿所有的朋友，也能一起前行，在生命的流逝、因缘的变迁中，都能无畏，做不受人惑的人。

猫 头 鹰 人

在信义路上,有一个卖猫头鹰的人,平常他的摊子上总有七八只小猫头鹰,最多的时候摆十几只,一笼笼叠高起来,形成一个很奇异的画面。

他的生意顶不错,从每次路过时看到笼子里的猫头鹰全部换了颜色可以知道。他的猫头鹰种类既多,大小也很齐全,有的鹰很小,小到像还没有出过巢,有的很老,老到仿佛已经不能飞动。

我注意到卖鹰人是很偶然的,一年多前我带孩子散步经过,孩子拼命吵闹,想要买下一只关在笼子里的小猫头鹰。那时,卖鹰的人还在卖兔子,摊子上只摆了一只猫头鹰,卖鹰者努力向我推销说:"这只鹰仔是前天才捉到的,也是我第一次来卖猫头鹰,先生,给孩子买下来吧!你看他那么喜欢。"我这才注意到眼前卖鹰的中年人，看起来非常质朴，是刚从乡下到城市谋生活的样子。

我没有给孩子买鹰，那是因为我一向反对把任何动物关在笼子里，而且我对孩子说："如果都没有人买猫头鹰，卖鹰的人以后就不会到山上去捉猫头鹰了，你看，这只鹰这么小，它的爸爸妈妈一定为找不到它在着急呢！"孩子买不成猫头鹰，央求站在摊子前面再看一会儿，正看的时候，有人以五百元买了那只鹰，孩子哇啦一声，不舍地哭了出来。

此后我常常看见卖鹰的人，他的规模一天比一天大，到后来干脆不卖兔子，只卖猫头鹰，定价从五百五十元到一千元左右，生意好的时候，一个月卖掉几十只。我想不通他从何处捕到那么多的猫头鹰，有一次闲谈起来，才知道台湾深山里还有许多猫头鹰，他光是在坪林一带的山里一天就能捕到几只。

他说："猫头鹰很受欢迎咧！因为它不吵，又容易驯服，生意太好了，我现在连兔子也不卖了，专卖鹰。一有空我就到山上去捉，大部分捉到还在巢中的小鹰，运气好的时候，也能捉到它们的父母……"

我劝他说："你别捉鹰了，捉鹰的时间做别的也一样赚那么多钱。"

他说:"那不同咧!捉鹰是免本钱又稳赚不赔的。"

对这样的人,我也不能再说什么了。

后来我改变散步的路线,有一年多没有见过卖猫头鹰的人,前不久我又路过那一带,再度看到卖鹰者,他还在同一个街角卖鹰,猫头鹰笼子仍然一个叠着一个。

当我看见他时,大大吃了一惊,那卖鹰者的长相与一年前我见到他时完全不同了。他的长相几乎变得和他卖的猫头鹰一样,耳朵上举、头发扬散、鹰钩鼻、眼睛大而瞳仁细小、嘴唇紧抿,身上还穿着灰色掺杂褐色的大毛衣,坐在那里就像是一只大的猫头鹰,只是有着人形罢了。

短短一年多的时间,为什么使一个人的长相完全不同了呢?这巨大的变化是从何而来呢?我努力思索卖鹰者改变面貌的原因。我想到,做了很久屠夫的人,脸上的每道横肉,都长得和他杀的动物一样。而鱼市场的鱼贩子,不管怎么洗澡,毛孔里都会流出鱼的腥味。我又想到,在银行柜台数钞票很久的人,脸上的表情就像一张钞票,冷漠而势利。在小机关当主管作威作福的人,日子久了,脸变得像一张公文,格式十分僵化,内容逢迎拍马。坐在电脑前面忘记人的品质的人,长相就像一架电脑。跑社会新闻的记者,到后来,长相就如同社会版上的照片……

原因是这样来的吗？或者是像电影电视上演坏人的演员，到后来就长成一脸坏相，因为他打从心里一直坏出来，到最后就无法辨认了。还有那些演色情片的演员，当她们裸裎的照片登在杂志，我们仿佛只看到一块肥腻的肉，却不见她们的心灵或面貌了。

一个人的职业、习气、心念、环境都会塑造他的长相和表情，这是人人都知道的，但像卖猫头鹰的人改变那么巨大而迅速，仍然出乎我的预想。我的眼前闪过一串影像，卖鹰者夜里去观察鹰的巢穴，白天去捕捉，回家做鹰的陷阱，连睡梦中都想着捕鹰的方法，心心念念在鹰的身上，到后来自己长成一只猫头鹰，都已经不自觉了。

我从卖鹰者的前面走过，和他打招呼，他居然完全忘记我了，就如同白天的猫头鹰，眼睛茫然失神，他只是说："先生，要不要买一只猫头鹰，山上刚捉来的。"

这使我在后来的散步里，想起了三千年前瑜伽行者的一部经典《圣博伽瓦谭》中所记载，巴拉达国王的故事。

巴拉达国王盛年的时候，弃绝了他的王后、家族，和广袤的王国，到森林里去，那是他深信古印度的经典，认为人应该把中年以后的岁月用于自觉。

他在森林中过着苦行生活，仅仅食用果子和根菜植物，每日专注地冥想，经过一段时间，他的自我从身中醒觉了过来。有一天他正在冥想，忽然看到一只母鹿到河边饮水，随着又听到不远处狮子的大吼，母鹿大吃一惊，正要逃跑的时候，一只小鹿从它的子宫堕下，跌入河中的急流里，母鹿害怕得全身颤抖，在流产之后就死去了。

巴拉达眼看小鹿被冲向下游，动了恻隐之心，便从河里救起小鹿，把小鹿带在自己身边。他从此和小鹿一起睡觉、一起走路、一起洗澡、一起进食，他对待小鹿就如同对待自己的孩子，自己的心念完全系在小鹿身上。

有一天，小鹿不见了。巴拉达陷入了非常焦躁的意念里，担心着小鹿的安危就像失去了儿子一样，他完全无法冥思，因为想的都是小鹿，最后他忍不住启程去寻找小鹿，在黑暗森林里，他如痴如狂呼唤小鹿的名字，他终于不小心跌倒了，受了重伤，就在他临终的时候，小鹿突然出现在他的身边，就像爱子看着父亲一样看着他，就这样，巴拉达的心念和精神全部集中在小鹿身上，他下次醒来的时候，发现自己成为一头鹿，这已经是他的下一世了。

这是瑜伽对于意念的看法，意念不仅对容貌有着影响，巴拉达因疼爱小鹿，都因而沉进了轮回的转动，那么，捕捉贩售猫头鹰的人，长相日益变成猫头鹰又有什么可怪呢？

和朋友谈起猫头鹰人长相变异的故事，朋友说："其实，变的不只是卖鹰的人，你对人的观照也改变了。卖鹰者的长相本来就是那样子，只是习气与生活的濡染改变了他的神色和气质罢了。我们从前没有透过内省，不能见到他的真面目，当我们的内心清明如镜，就能从他的外貌进而进入他的神色和气质了。"

难道，我也改变了吗？

在这个世界上，我们的意念都如在森林中的小鹿，迷乱地跳跃与奔跑，这纷乱的念头固然值得担忧，总还不偏离人的道路。一旦我们的意念顺着轨道往偏邪的道路如火车开去，出发的时候好像没有什么，走远了，就难以回头了。所以，向前走的时候每天反顾一下，看看自我意念的轨道是多么重要呀！

我们不只要常常擦拭自己的心灵之镜，来照见世间的真相；也要常常照照镜子，看看自己的长相与昨日的不同；更要照心灵之镜，才不会走向偏邪的道路。卖猫头鹰的人每天面对猫头鹰，就像在照镜子，我们面对自己俗恶的习气，何尝不是在照镜子呢？

想到这里，有一个人与我错身而过，我闻到栗子的芳香从他身上溢出，抬头一看，果然是天天在街角卖糖炒栗子的小贩。

养着水母的秋天

从南部的贝壳海岸回来,带回来两个巨大的纯白珊瑚礁石。

由于长久埋在海边,那白色珊瑚礁放了许多天依然润泽,只是缓慢地褪去水分,逐渐露出外表规则而美丽的纹理。但同时我也发现,失去水分的珊瑚礁仿佛逐渐失去生命的机能,连色泽也没有那样精灿光亮了。当然,我手里的珊瑚礁不知道在多久以前已经死亡,因于长期濡染海浪的关系,使它好像容蕴了海的生命,不曾死去。

为了让珊瑚礁能不失去色泽与生机,我把它们放进一个巨大的玻璃箱里,那玻璃箱原是孩子养水族的工具,在鱼类死亡后已经空了许久。我把箱子注满水,并在上面点了一只明亮的灯。

在水的围绕与灯的照耀下,珊瑚礁重新醒觉了似的,恢复了我在海边初见时那不可正视的逼人的白色，虽然没有海浪和潮声，它的饱满圆润也如同在海边一样。

我时常坐在玻璃箱旁，静静地看着这两块在海边极平凡的礁石，它虽然平凡，但是要找到纯白不含一丝杂质、圆得没有半点欠缺的珊瑚礁也不容易。这种白色的珊瑚礁原是来自深海的生物，在它死亡后，被强劲的海浪冲激到岸上来，刚上岸的时候它是不规则的，要经过千百年一再的冲刷，才使它的外表完全被磨平，呈现出白玉一般的质地。

圆润的白色珊瑚礁形成的过程，本身就带着一些不可思议的神秘气息，宜于时空的联想。在深海里许多许多年，在海浪里被推送许多许多年，站在沙岸上许多许多年，然后才被我捡拾。如果我们从不会见，再过许多许多年，它就粉碎成为海岸上铺满的白色细砂了。面对海的事物，时空是不能计算的，一粒贝壳砂的形成，有时都要万年以上的时间。因此，我们看待海的事物——包括海的本身、海流、海浪、礁石、贝壳、珊瑚，乃至海边的一粒砂——重要的不是知道它历经多少时间，而是能否在其中听到一些海的消息。

海的消息？是的，就像我坐在珊瑚礁的前面，止息了一切心灵的纷扰，听到从最细微处涌动的海潮音，像是我在海岸旅行时所听见的一般。海的消息是不论我们离开海边多久，都那样亲近而又辽远、细微而又巨大、深刻而又永久。

有一个从海岸迁居到都市的老人告诉我，从海岸来的人在临终的时候，转身面向故乡的海，最后一刻所听见的潮声，与他初生时听见的海潮音之第一印象，是完全相同的。"所以，海边来到都市的人们，死时总面向着海，脸上带着一种似有若无似笑非笑的苍茫神情，那种表情就像黄昏最后时刻，海上所迷离的雾气呀！"老人这样下着结论。

我边听老人的说话，边起了迷思：任何一个初生的婴儿，我们顺着他的啼声往前追索，不管他往什么方向哭，最后是不是都到了海边呢？任何一个临终的老人，我们顺着他的眼睛往远处推去，不管他躺卧什么方向，最后是不是都到了海岸呢？我们是住在七山八海交互围绕的世界，所以此岸就是彼岸，彼岸就是此岸，都市汹涌的人群是潮水的一种变奏。人潮中迷茫的眼睛，何尝不是海岸上的沙呢？

对于海，问题不在我们的时空、距离、位置，问题在于我们能不能体贴海的消息。眼前的白色珊瑚礁在某些时候，确实让我想到临终时在心里听到海潮音的老人。它闭着眼睛，身体僵硬如石，石心里还有温暖的质地，那是属于海的部分，不能够改变的。

我养了那两个礁石很久以后，有一天，夜里开灯，突然看见了水面上翻滚飘浮着的一群生物，在灯光下闪动着萤光，我感到十分吃惊，仔细看那群生物，它们的身体很小，小得如同初生婴儿小拇指上的指甲，身上的颜色灰褐透明，两旁则有无数像手一样的东西在划动着，当它浮到水面，一翻身，反射灯光就放出磷火一样的光芒。它身体的形状也像一片指甲，但也像一把伞，背后还有细微几至不可辨认的黑点。

这一群不知从哪里冒出来的生物就像太空船忽然来临，使我惶惑。到底这是什么生物？什么因缘突然出生在水箱里？我只能判别这群生物的诞生必与珊瑚礁石有关，其他什么都不知道。

直到有一天来了一位懂生物的朋友，他大叫一声："哎呀！这是水母嘛！"我们坐着研究半天，才作出这样的结论：水母是由体腔壁排卵、卵子孵化为胚以后、就会附着在海上的物体，像礁石一类，过一段时间从胚中横裂分离，就生出水母，一个胚分裂后会变成一群水母，我从海岸携回的白色珊瑚礁原来就有水母胚胎的附着，到水箱以后才分裂出生了一大群小水母。

"这已经是最合理的推论了，不过，"朋友带着疑惑的表情说，"理论上，水母在淡水，尤其是自来水里出生，一定会立刻死亡，不会活这么久。"我们同时把目光移向在水里快乐游动的水母，它们已经活了几十天,应该还会继续活下去。

朋友说:"有一点似乎可以解释这奇怪的现象,有些科学家实验在水中生孩子,小孩生下来自然就会游泳,反过来说,水母在淡水中生活也不是不可能。"

接下来许多日子的深夜,我都会想着水母在水箱中存活的原因,它们在水箱中诞生的时候,并不知道这世界上有海,当然也没有海水的记忆,这使它可以毫无遗憾地在注满自来水的玻璃箱中生活,水母和人其实没什么不同,今日生活在欧美严寒雪地中的黑人,如何能记忆他们热带蛮荒中的祖先呢?

水母在水箱中活着,却也带给我一些恐慌,那是因为问遍所有的鱼店,没有一个人知道如何养水母,只好偶尔用海藻来喂它们,幸而水母也一天天长大了,养了一整个秋天,每一只水母都长得像大拇指甲一样大了。自然,这些水母赢得了无数的赞叹,水族馆中任何名贵的水族也不能相比。

当我还在痴心妄想水母是不是可以长得像海面上的品种那么巨大的时候,水母开始一只一只在箱中死亡,冬天才开始不久,一群水母都死光了。我找不出它们死亡的原因,是由于冬季太冷吗?海上的冬天不是比水箱更冷!是由于突然有了海的记忆吗?已经过了这么久,哪里还会在意!或者是由于某些不知的意识突然抬头而意识到自己只能在海里生存吗?

水母没有给我任何回声,我唯一能确信的,是那些水母临终的最后一刻,一定能听见海的潮声,虽然它们初生时并未听见。

水母死后,我经历了一段时间的忧伤,就像海边的渔民遇到了东北季风。一直到有一天我和一群朋友相见,我指着水箱对他们说:"在这个水箱里我曾经养过一群水母,养了一整个秋天。"竟然没有一个人肯完全相信,因为水箱早已空了,只剩下两块失去海色的珊瑚礁,当朋友说"骗鬼!"的时候,我才真正从隐秘的忧伤中醒来。

海潮、水母、秋天、贝壳海岸,都是多么真实的东西,只是因为时间,所以不在了。

我想到带我去贝壳沙滩的朋友,他说:"主要是去见识整个海岸布满贝壳沙的情景,捡贝壳还是小事。"最后,我没有捡贝壳,却在海岸的角落带回珊瑚礁,于是就有了水箱、有了水母,以及因水母而心情变化的秋天,还时常念记着海天的苍茫……这种真实,其实是时间偶遇的因缘。

因缘固然能使我们相遇,也能使我们离散,只要我们足够明净,相遇时就能听见互相心海的消息,即使是离散了,海潮仍然涌动,偶尔也会记起,海面上的深夜,曾有过水母美丽的磷光,点缀着黑暗。

　　在时间上、在广大里、在黑暗中、在忧伤深处、在冷漠之际,我们若能时而真挚地对望一眼,知道石心里还有温暖的质地,也就够了。

分别心与平等智

番薯的见解

朋友告诉我一个真实故事,说他的两个孩子太好命了,这也不吃,那也不吃,每到吃饭时间就成为父母的头痛时间。

出生在台湾光复初期的朋友,每到用餐时间就不免唠叨,说:"我们小时候哪有这么好命,连饭都没得吃,三餐都吃番薯配菜脯,你们现在有这么多菜还不吃,真是有够酷刑。"

由于唠叨的次数多了,小孩子都不爱听,有一天,他又在继续"念经",大儿子就问说:"爸爸,番薯真的那么难吃吗?我甘愿吃番薯,也不吃这些大鱼大肉。"

小女儿也说话了:"我甘愿吃菜脯!"

爸爸生气了,第二天真的跑去市场,找半天才找到烤番薯,又买了一些萝卜干,晚餐就吃番薯配菜脯。

两个孩子吃了吓一跳,没想到爸爸口里"番薯配菜脯"是恐怖事件,吃起来却那么好吃,两人商议半天,一起向爸爸说:"爸爸,番薯真好吃,我们以后可不可以每天吃番薯配菜脯?"

番薯本身是没有好坏的,由于个人经验的不同,个人观点的差异而生起差别的心。

就在不久之前,我到阳明山的日月农庄去,看到有人卖烤番薯,每十五分钟才能开缸一次,每次一开缸,番薯立刻卖完,我带着孩子排四十五分钟才买到,一斤五十元,说起来真是难以置信。为什么要排队排那么久呢?因为有许多孩子什么山珍海味都不吃,只吵着要吃烤番薯。

"哇!这番薯有够香有够好呷!"这样的赞叹此起彼落。

不 准 礼 佛

星云法师当学僧的时候,发现佛学院里,训导处每遇到学生犯错,就处罚他们去拜佛忏悔,譬如说"罚你拜佛一百零八拜"。

或者处罚学生跪香，在别的学生都睡觉时不准睡，要在佛前跪几炷香，悔过完了才可以就寝。

久了之后，学僧对拜佛和跪香都视为畏途，少年星云法师感触很深：拜佛与跪香是何等庄严欢喜的事，怎可用来处罚学生呢？

后来，他在佛光山办丛林学院，有犯错的学生，就规定他们不准做早晚课，不准拜佛，每次别的学生在做早晚课或拜佛时，罚他们站在大殿外看，就是不准礼佛。被罚的学生心里着急得不得了，虽然身不能拜，心也就跟着拜了。

犯错比较轻微的，就处罚他们提早就寝，躺在床上不可起床，学生们在床上翻来覆去睡不着，想到别人都在用功办道，心里就忏悔得不得了。

一旦不准拜佛的学生解禁、准予拜佛了，往往热爱拜佛，拜得涕泪交零。

一旦不准跪香、只准睡觉的学生解禁，往往在佛菩萨面前流泪忏悔，再也不敢贪睡贪玩了。

星云法师的弟子告诉我这个故事时，我非常感动，这也就是为什么"星云法师"变成"星云大师"的原因了，大师的诞生，原非偶然。

蟑螂与福报

我们在家里不杀蚊虫和蟑螂,原因是认识到蚊虫蟑螂乃是业的呈现,不是偶然的。

但是蚊虫易于防范,只要注意纱门纱窗就可以免于侵扰,蟑螂却不行,它们无所不在,或从花圃,或从水管爬出来,与我们共同生活,不过,只要把它当作蝉或蝴蝶之类,也就相安无事了。

比较不好意思的是有客人来的时候,它们依然会在家里走来走去,大摇大摆,有时会吓到客人,因此每次客人来的时候,我就昭告家中蟑螂:"今天有客人,你们暂时躲一躲,等客人走了,再出来吧!"

蟑螂满通人性,经常给我面子。

但是,偶有出状况的时候,有一次,三位喇嘛来家里作客,有两只蟑螂大摇大摆地爬过桌子,我示意它们快躲起来,它们充耳不闻,正在尴尬的时候,一位喇嘛说:"林居士,你是很有福报的人呀!"

我正感到迷惑的时候,他说:"在西藏、尼泊尔、印度、拉达克这些地方,由于蟑螂少,家里有蟑螂是象征那一家人有福报,如果没有福报,蟑螂都懒得去呢!"

从此,我对家里的蟑螂更客气,看它们奔跑,我说:"嘿!

走慢点,别摔跤了!"看到蟑螂掉在马桶,我把它捞起来,说:"游泳的时候要小心呀!"——我总是记着:我是有福报的人,所以它们才愿意来投靠我。

有一天,家里重新油漆,油漆工翻箱搬柜,工作了一星期,当工作结束,工头一面向我收钱,一面向我邀功,说:"林先生,这一星期我至少帮你踩死一百只蟑螂。"

我听了怅然悲伤说:"唉呀!你好残忍,我养了好几年蟑螂才养到一百多只呢!你一星期就踩死了一百只。"

工头愣在那里,很久说不出话来。

分 别 心

我们凡夫对世间万象总会生起分别的执著,对现前的事物产生是非、善恶、人我、大小、美丑、好坏等种种的差别观感,这种取舍分别的心正是障碍佛道修行的妄想情执,这种心也称为"执著心"、"涉境心"。

依照《摄大乘论》的说法,凡夫所起的分别,是由迷妄所产生的,与真如的理不相契合,如果要得到"真如的心",就必须舍离凡夫的分别智,依无分别智才行。

菩萨在初地入见道的时候，缘一切法的真如，超越"能知"与"所知"的对立，才可能获得平等的无分别智，所以才说："大道无难，唯嫌拣择。"

"分别心"的对待是"平常心"，平常心不是没有是非、善恶、人我、大小、美丑、好坏的智觉，而是以心为主体，不被是非、善恶、人我、大小、美丑、好坏所转动、所污染。

让我们再来复习一下马祖道一和南泉普愿禅师的话：

> 道不用修，但莫污染。
> 何为污染？但有生死心，造作趣向，皆是污染。
> 若欲直会其道，平常心是道。
> 谓平常心无造作、无是非、无取舍、无断常、无凡无圣。

> 道不属知，不属不知；知是妄觉，不知是无记。若真达不拟之道，犹如太虚廓然洞豁，岂可强是非也。

平 等 智

《法华经科注》说："平等有二：一法平等，即大慧所观中道理也。二众生平等,谓一切众生皆用因理以至于果,同得佛慧也。"

"平等"是佛教里最重要的思想,所以,佛陀经常勉励菩萨,要有平等心、平等力、平等大悲、平等大慧,然后由平等观、平等觉、平等三业证入平等性智、平等法身。

《华严经离世间品》里说到菩萨有十种平等:一切众生平等、一切法平等、一切刹平等、一切深心平等、一切善根平等、一切菩萨平等、一切愿平等、一切波罗蜜平等、一切行平等、一切佛平等。"菩萨若安住此法,则得一切诸佛无上平等之法。"

《大方等大集经》则举出众生的十种平等:众生平等、法平等、清净平等、布施平等、戒平等、忍平等、精进平等、禅平等、智平等、一切法清净平等。"众生若具此平等,能速得入无畏之大城。"

平等,是一切众生入佛智的不二法门,"不二",也是平等。

平等,也是一切菩萨修行,契入大悲与大智的不二法门。

无 相 大 师

从前有一位无相大师,收了两位弟子,一位敏慧,一位愚鲁。

无相大师平常教化弟子常说:"修行人最重要的就是宁做

傻瓜。"

两位弟子都谨记在心。

有一天，下大雨，寺庙的大殿好几处漏雨，无相大师呼唤弟子说："下大雨了，快拿东西来接雨。"

敏慧的弟子提着一个小桶冲出来，师父看了很生气："下这么大的雨，你提这么小的桶怎么接？真是傻瓜！"弟子听了很不高兴，桶子一放，就跑了。

愚鲁的弟子匆忙间找不到桶子，随手取了一个竹篓冲出来，师父看了又好气又好笑，就笑着说："你真是天下第一号大傻瓜，有漏洞的竹篓怎么能接雨呢？"

弟子看到无相大师笑得那么开心，又想到师父平常的教化："修行人最重要的就是宁做傻瓜！"现在师父说我："天下第一号大傻瓜！"不是最大的赞美吗？一时心开意解，悟到应以无漏心来接天下的法雨，立即证入平等性，就开悟了！

黑夜的月亮与星星

在人生里也是这样，要有无漏的心，要有平等的心，那些被欲望葛藤所缚、追名逐利、藐视众生之辈，或者看我是傻瓜，但无所谓,因为"愚人笑我,智乃知焉!"

半杯水,可以看成是半空而惋惜,也可以看成半满,感到无比的庆幸!

天下没有最好吃的食物,饥饿的时候,什么食物都好吃。

天下也没有最好的处境,好心情的时候,日日是好日,处处开莲花!

天下没有最能开启觉悟的情与境,有清净心,平等看待生命的每一步,打破分别的执著,那就是觉悟最好的情境!

在不能进的时候,何妨退一步看看。

在被阻碍的路上,何妨换一条路走走。

在被苦厄围困时,何妨转个心境体会体会。

天下没有永远的黑夜呀!黎明必在黑夜之后,那时就会气清景明、繁花盛开了。

人生的黑夜也没什么不好,愈是黑暗的晚上,月亮与星星就愈是美丽了。如果不是雪山的漫漫长夜,佛陀怎么会看见天边明亮的晨星呢!

河 的 感 觉

1

秋天的河畔，菅芒花开始飞扬了，每当风来的时候，它们就唱一种洁白之歌，芒花的歌虽是静默的，在视觉里却非常喧闹，有时会见到一株完全成熟的种子，突然爆起，向八方飞去，那时就好像听见一阵高音，哗然。

与白色的歌相应和的，还有牵牛花的紫色之歌，牵牛花瓣的感觉是那样柔软，似乎吹弹得破，但没有一朵牵牛花被秋风吹破。

这牵牛花整株都是柔软，与芒花的柔软互相配合，给我们的感觉是，虽然大地已经逐渐冷肃了，山河仍是如此清朗，特别是有阳光的秋天清晨，柔情而温暖。

在河的两岸，从被刷洗得几乎仅剩砾石的河滩，虽然有各种植物，却以芒花和牵牛花争吵得最厉害，它们都以无限的谦卑匍匐前进。偶尔会见到几株还开着绒黄色碎花的相思树，它们的根在沙石上暴露，有如强悍的爪子抓入上层的深处，比起牵牛花，相思树高大得像巨人一样，抗衡着沿河流下来的冷。

河，则十分沉静，秋日的河水浅浅的、清澈的在卵石中穿梭，有时流到较深的洞，仿佛平静如湖。

我喜欢秋天的时候到砾石堆中捡石头，因为夏日在河岸嬉游的人群已经完全隐去，河水的安静使四周的景物历历。

河岸的卵石，有一种难以言喻之美。它们长久在河里接受刷洗，比较软弱的石头已经化成泥水往下游流去，坚硬者则完全洗净外表的杂质，在河里的感觉就像宝石一样。被匠心磨去了棱角的卵石，在深层结构里的纹理，就会像珍珠一样显露出来。

我溯河而上，把捡到的卵石放在河边有如基座的巨石上接受秋日阳光的曝晒，准备回来的时候带回家。

连我自己都不能确知，为什么那样爱捡石头，这里面一定有什么原因还没有被探触到。有时我在捡石头突然遇到陌生人，会令我觉得羞怯，他们总用质疑的眼光看着我这异于常人的举动。或者当我把石头拾回，在庭院前品察并为之分类的时候，熟识的乡人也会以一种似笑非笑的眼光看我，一个人到了中年还有点像孩子似的捡石头，连我自己也感到迷思。

那不纯粹是为了美感，因为有一些我喜爱的石头禁不起任何美丽的分析，只是当我在河里看到它时，它好像漂浮在河面，与别的石头都不同。那感觉好像走在人群中突然看见一双仿佛熟识的眼睛，互相闪动了一下。

我不只捡乡间河畔的石头，在海外旅行时，如果遇到一条河，我总会捡几粒石头回来作纪念。例如有一年我在尼罗河捡了一袋石头回来摆在案前，有人问起，我总说："这是尼罗河捡来的石头。"那人把石头来回搓揉，然后说："尼罗河的石头也没有什么嘛！"

石头捡回来，我很少另作处理，只有一次是例外，我在垦丁海岸捡到几粒硕大的珊瑚礁石，看得出它原是白色的，却蒙上灰色的风尘，我就用漂白水泡了三天三夜，使它洁白得像在海底看见的一样。

我还有一些是在沙仑淡水河口捡到的石头，是纯黑的，隐在长着虎苔的大石缝中，同样是这岛上的石头，有的纯白，有的玄黑，一想到，就觉得生命颇有迷离之感。

我并不像一般的捡石者，他们只对石头里浮出的影像有兴趣，例如石上正好有一朵菊花、一只老鼠，或一条蛇，我的石头是没有影像的，它们只是记载了一条河的某些感觉，以及我和那条河相会面的刹那。但偶尔我的石头会出现一些像云、像花、像水的纹理，那只是一种巧合，让我感觉到石头在某个层次上是很柔软的，这种坚强中的柔软之感，使我坚信，在最刚强的人心中，我们必然也可看见一些柔软的纹理，里面有着感性与想象，或者梦一样的东西。

在我的书桌上、架子上，甚至地板上到处都堆着石头，有时在黑夜开灯，觉得自己正在河的某一处激流里，接受生命的冲刷。

那样的感觉好像走在人群中突然看见一双仿佛熟识的眼睛，互相闪动了一下。

2

走在人群中看见熟识的眼睛，互相地闪动，常常让我有河的感觉。

在最繁华的忠孝东路，每当我回来居住在台北的时候，我会沿着永吉路、基隆路，散步到忠孝东路去。我喜欢在人群里东张西望，或者坐在有玻璃大窗的咖啡店旁边，看着流动如河的人群。虽然人是那样拥挤，却反而给我一种特别的宁静之感，好像秋日的河岸。

在人群中的静观，使我不至于在枯木寒灰的隐居生活中沦入空茫的状态。我知道了人心的喧闹、人间的匆忙以及人是多么渺小，有如河里的一粒卵石。

我是多么喜欢观察人间的活动，并且在波动的混乱中找寻一些美好的事物，或者说找寻一些动人的眼睛。人的眼睛是五官中最会说话的，它无时无刻表达着比嘴巴还要丰富的语言——婴儿的眼睛纯净，儿童的眼睛好奇，青年的眼睛有叛逆之色，情侣的眼睛充满了柔情，主妇的眼睛充满了分析与评判，中年人的眼睛沉稳浓重，老年人的眼睛则有历经沧桑后的一种苍茫。

如果说我是在杂沓的城市中看人，还不如说我在寻找着人的眼睛，这也是超越了美感的赏析的态度，我不太会在意人们穿什么衣裳，或者现在流行什么，或者什么人是美的或丑的，回到家里，浮现在我眼前的，总是人间的许许多多眼神，这些眼神，记载了一条人的河流的某些感觉，以及我和他们相会时的刹那。

有时，见到两个人在街头偶然相遇，在还没有开口说话之前，他们的眼神就已经先惊呼出声，而在打完招呼错身而过时，我看见了眼里的轻微的叹息。

我们要了解人间，应该先看清众生的眼睛。

有一次，在统领百货公司的门口，我看到一位年老的婆婆带着一位稚嫩的孩子，坐在冰凉的磨石地板上乞讨，老婆婆俯低着头，看着眼前的一个装满零钱的脸盆，小孩则仰起头来，有一对黑白分明的眼睛，滴溜溜转着，看着从前面川流过的人群。那脸盆前有一张纸板，写着双目失明的老婆婆家里沉痛的灾变，她是如何悲苦地抚育着唯一的孙子。

我坐在咖啡厅临窗的位置，却看到好几次，每当有人丢下整张的钞票，老婆婆会不期然地伸出手把钞票抓起，匆忙地塞进黑色的袍子里。

乞讨的行为并不令我心碎，只是让我悲悯，当她把钞票抓起来的那一刹那，才令我真正心碎了。好眼睛的人不能抬眼看世界，却要装成失明者来谋取生存，更让人觉得眼睛是多么重要。

这世界有许多好眼睛的人，却用心把自己的眼睛蒙蔽起来，周围的店招上写着"深情推荐"、"折扣热卖"、"跳楼价"、"最心动的三折"等等，无不是在蒙蔽我们的眼睛，让我们心的贪婪伸出手来，想要占取这个世界的便宜，就好像卵石相碰的水花，这世界的便宜岂是如此容易就被我们侵占？

人的河流里有很多让人无奈的事相，这些事相益发令人感到生命之悲苦。

有一个问卷调查报告,青少年十大喜爱的活动,排在第一位的竟是"逛街",接下来是"看电影"、"游泳"。其实,这都是河流的事,让我看见了,整个城市这样流过来又流过去,每个人在这条河流里游泳,每个人扮演自己的电影,在过程中茫然地活动,并且等待结局。

最好看的电影,结局总是悲哀的,但那悲哀不是流泪或者号啕,只是无奈,加上一些些茫然。

有人说,城市人擦破手,感觉上比乡下人擦破手要痛得多。那是因为,城市里难得有破皮流血的机会,为什么呢?因为人人都已是一粒粒的卵石,足够圆滑,并且知道如何避免伤害。

可叹息的是,如果伤害是来自别人、来自世界,总可以找到解决的方法,但城市人的伤害往往来自无法给自己定位,伤害到后来就成为人情的无感,所以,有人在街边乞讨,甚至要伪装盲者才能唤起一丁点的同情,带给人的心动,还不如"心动的三折"。

这往往让人想到溪河的卵石,卵石由于长久的推挤,它只能互相碰撞,但河岸的风景、水的流速、季节的变化,永远不是卵石关心的主题。

因此,城市里永远没有阴晴与春秋,冬日的雨季,人还是一样渴切地在街头流动。

你流过来，我流过去，我们在红灯的地方稍作停留，步过人行道，在下一个绿灯分手。

"你是哪里来的？"

"你将要往哪里去？"

没有人问你，你也不必回答。

你只要流着就是了，总有一天，会在某个河岸搁浅。

没有人关心你的心事，因为河水是如此湍急，这是人生最大的悲情。

3

河水是如此湍急，这是人生最大的悲情。

我很喜欢坐船。如果有火车可达的地方，我就不坐飞机；如果有船可坐，我就不搭火车。那是由于船行的速度慢一些，让我的心可以沉潜；如果是在海上，船的视界好一些，使我感到辽阔；最要紧的是，船的噗噗的马达声与我的心脏和鸣，让我觉得那船是由于我心脏的跳动才开航的。

所以在一开航的刹那，就自己叹息：

呀！还能活着，真好！

通常我喜欢选择站在船尾的地方，船行过处，掀起的波浪往往形成一条白线，鱼会往波浪翻涌的地方游来，而海鸥总是逐波飞翔。

船后的波浪不会停留太久，很快就会平复了，这就是"船过水无痕"，可是在波浪平复的当时，在我们的视觉里，它好像并未立刻消失，总还会盘旋一阵，有如苍鹰盘飞的轨迹，如果看一只鹰飞翔久了，等它遁去的时刻，感觉它还在那里绕个不停，其实，空中什么也不见了，水面上什么也不见了。

我的沉思总会在波浪彻底消失时沦陷，这使我感到一种悲怀，人生的际遇事实上与船过的波浪一样，它最终是会消失的，可是它并不是没有，而是时空轮替自然的悲哀，如果老是看着船尾，生命的悲怀是不可免的。

那么让我们到船头去吧！看船如何把海水分割为二，如何以勇猛的香象截河之势，载我们通往人生的彼岸。一艘坚固的船是由很多的钢板千锤百炼铸成，由许多深通水性的人驾驶，这里面就充满了承担之美。

让我也能那样勇敢地破浪、承担，向某一个未知的彼岸航去。

这样想时，就好像见到一株完全成熟的芒花，突然爆起，向八方飞去，使我听见一阵洁白的高音，唱哗然的歌。

一滴水到海洋

一位弟子去追随一位得道的师父,过不了几天,他一有机会就去请教师父:"什么是人生的价值?"师父总是不告诉他,他愈发显得着急,一再地去求教。

有一天,师父被缠不过了,从房子里拿出一块石头,那石头看起来很大,也很美,师父说:"你带这块石头到卖蔬菜的市场去卖,但是不要真的卖出去,只要试着卖,看看蔬菜市场的人可以出什么样的价钱。"

那个弟子真的带着石头到蔬菜市场去试卖,很多人围过来看,有的说:"这么美的石头可以给孩子玩。"有的说:"这么大的石头当秤锤刚刚好。"于是纷纷给石头出价,从两元到十元不等。弟子带着石头回来见师父,说:"在蔬菜市场,这个石头只能卖到十元的价钱。"

师父又说:"现在你把这石头拿到黄金的市场去卖,但是不要真的卖出去,看看黄金市场的人可以出什么样的价钱。"

弟子照着吩咐去做了,当他从黄金市场回来的时候,很高兴地去向师父报告:"在黄金市场,他们出的价钱很好,这石头可以卖到一千元。"

师父又说:"现在,你把这石头拿到珠宝店去,还是不要卖出去,只要看看珠宝店的人可以出到什么样的价钱。"

弟子拿石头到珠宝店去卖时,他简直无法相信,因为第一个人就出价五千元,由于他不卖,珠宝店的人竟一直加价,最后加到几十万元。

弟子还是不肯卖,最后珠宝店的人说:"只要你肯卖,任你开个价吧!"

弟子说:"我只是奉师父之命来试这个石头的价钱,不管出多高的价,我的石头都是不卖的。"弟子离开珠宝店的时候,他心想黄金市场和珠宝店的人简直是疯狂,因为在他看来,一块石头能卖十元就够好了。

他回来向师父报告在珠宝店得到的开价,师父说:"一个石头的价值,是因为了解的深浅而定的,如果一个人没有够好的眼睛，所有的石头价值都不会超过十元，正像你在蔬菜市场遇到的那些人。你每天追着我问人生的价值，可是你的眼睛只停在蔬菜市场的层次，我给你一个钻石，你也会以为只值十元。如果你成为珠宝商，认识真正的宝石，我给你的宝石才会成为无价。现在，你先不要向我要人生的宝石，先使你自己拥有珠宝商的眼睛，那时候你来找我，我就会教你人生的价值。"

这是苏菲修行者的故事，它有两个重要的寓意：一是想要追求人生更高的奥秘，一定要在心灵上有所准备，要养成慧眼，这样才能承受真正的"道的宝石"，如果没有慧眼，最好的钻石摆在眼前也与石头无异。

二是万事万物并没有绝对的价值，缘于了解的深浅而显示价值的高低，唯有心灵的提升才能坚持出一种绝对的价值，有绝对价值的人，吃饭喝茶中都有深奥的境界，因为人生的奥义并不在那相对与分别的世界，而在绝对的性灵中。

不久前，我去参观一个奇石的展览，就想到苏菲的这个故事，那所谓的奇石全不假人工的雕琢，而是捡拾自深山、溪流、海边，个个都有奇特的风姿，它们的定价从数千到数十万都有，如果不是收藏奇石的那个圈子里的人，很难理解为什么一个石头可以卖到几十万，但是听说有很多是非卖品，即使那个圈子里的人愿意花几十万买石头也买不到呀!

我们假设那些原在深山、海岸、溪畔的奇石,普通人根本就懒得去捡,那么发现而捡拾的人就可以说是慧眼独具了,他们的慧眼则是从对石头的爱与了解而产生的,当然也有人为了卖钱而捡石头,有一位奇石收藏家就告诉我:"为了卖钱而捡石头的人,往往捡不到最好的石头。"

但是,不管是为爱而捡或为钱而捡,不管有什么样的定价,不管是在深山或在艺术馆的架上,一个石头的本质是不会改变的,在改变与波动着的只是我们的眼睛,我们的心。

石头存在的本身就饱含了价值,不因慧眼或俗眼而改变,其实,所有万物的本身都有不可替代、无法定价、深刻无比的价值,此所以"森罗万象许峥嵘",此所以"翠竹皆是法身,黄花无非般若",此所以"溪声尽是广长舌,山色岂非清净身"……

保持内心如宝石一样的品质,比起为宝石定各种价钱要高明得多了。

从前,牛顿在苹果树下,被一粒苹果打中而发现地心引力。地心引力是多么伟大的发现,但是如果没有那粒适时落下的苹果,可能要晚几百年才会被发现,所以市场里一粒苹果仅值十块钱,可是一粒苹果也可以是地心引力的引信,可以是无价的。

有一个这样的笑话：一个孩子读了牛顿发现地心引力的故事，就跑去坐在苹果树下，想自己说不定也可以发现什么大的道理。他坐在苹果树下胡思乱想，为什么苹果树这么高大，却长出这么小的苹果，而大西瓜却是相反地长在小小的西瓜藤上。小苹果长在大树上，大西瓜却长在小小的藤上，这里面一定有什么伟大的道理吧！

正在苦思的时候，一粒苹果啪一声落在他的头上，他突然欣喜若狂地发现了："还好是一粒苹果，如果是大西瓜落下来，我还会有头在吗？原来大西瓜长在地上是有道理的，至少落下的时候不会有人受伤。苹果长在大树上是很好的，西瓜长在地上也是很好的，万物的存在都有它的道理。"

事物的价值源自于人心的价值，如果心的价值不被发现与确立，事物的价值也就得不到确立了。有一个朋友千里迢迢带回来大陆寺庙改建时拆下的砖送我，说是唐朝的砖，我左看右看地端详这块朋友口中"伟大，而有历史的砖"，却总是看不出它的殊异之处，我想，如果把这块砖放在忠孝东路人群最多的地方，也不会有人捡拾，或者第二天就被清道夫丢进垃圾车里，这块毫不起眼、重达五公斤的砖块，以锦盒包装，抱在怀中，飞山越海到我的手上，只是因为在我们的心先确立了，才会发现它的价值呀！

在现代社会，真实的价值之所以隐没，就是人心隐没的结果。

假若说，人心的价值是一滴水，万物存在的价值是一片广大的海洋，唯有发现心里一滴水的人，才能体会海洋也是一滴水的汇集与映现。轻视一滴水，就是轻视整个海洋，而能品味一滴水，也就能品尝海洋的真味了。

金刚经二帖

不应住色生心,

不应住声香味触法生心,

应无所住而生其心。

——庄严净土分第十

在薄雾的清晨,我们走过繁花盛开的花园,已然是初春了,花园里微微流过一阵香气。

春天的花园有非常之美,远远看是千针万绣的一幅图画,近观,则色彩一一从图里跳跃出来,我们着在花上,春天是一朵花;我们立在园中,春天是一花园;我们呼吸,春天是一股清气;我们倾听,春天里有惊蛰的鸣叫。但,什么样儿,才是春天的实相呢？什么描绘，才能尽述春天呢？

春天的美，其实也只是空相，风雨来的时候，它会飘落。时间过了，它会委顿。到冬天的时候，这园子里的花就全部不存在了。

这花，这清晨，这薄雾，以及这春天，走过花园的我，我的心情，都只是时空里极短暂的偶遇。当我走过的时候，薄雾散去了，晨曦不再了，花谢了，我也不是花园里看花的那一个我。

有时候能看到一些美丽的颜色，有时候能听见微风带来的音乐，有时候能嗅到飘过的花香，有时候能尝到空气中的甜味，有时候能感到阳光的抚摸……不管在任何时候，自己只是一面镜子，反射着时空里的一切。

我们是莲花一样的人，在花园清澈的池水中开美丽之花，在污泥的水塘中也开出一样美丽之花，同样清净，有琉璃的质感。

时空的花与花园，是自性心水流过的影子，感觉它的存在，它就在那里，感觉它不在，它就轻轻的，流过了。

若以色见我，

以音声求我，

是人行邪道，

不能见如来。

——法身非相分第二十六

你说你要看风景吗?

那么你必须自己走到山上去,打开你的心眼。

你说你要闻花的香气吗?

那么你必须站在有风的位置,打开你的心眼。

你说你要听大地之音吗?

那么你必须在纯净中倾听,打开你的心眼。

在浩渺的宇宙里,无边的虚空中,最大最有力量,或者最小最卑下的,就是你自己的心,没有人可以让你更庄严,也没有人可以使你更卑陋,除了你的心。你观想佛的形相,是为了见到你的佛性,你念诵佛的名号,是为了开启你的般若,如果你只是向外寻求佛菩萨的形相与慈悲,而不向内澄净自我,那是偏邪的道路,不可能见到无上正觉的如来呀!

如来,是佛的如来,也是你的如来。像风一样,无所从来,也无所去,你的心里转动着风就有风了,你以为旗子动旗子就飘动了;你的心止,风也停了,旗子也不飘动了。

善男子!善女人!不要只礼拜佛相,不要只念诵佛号,要静定下来，回来观照自心。

因为，你就是如来的种子。

就像在无数的生死轮转里，你穿过一个又一个的花园，要前往最美的所在，只是你每次都被新花园的花所迷着，忘记了自己的方向。

其实最美的地方不在远处，不在你走过的路，而在当刻当地你所站的地方，因为不管经过多少花园，你失去的是你的识执，你的心并未失去，只是被美丽或不美丽的迷惑，所遮埋了。

拈花四品

不与时花竞

诵帚禅师有一首写菊的诗:

篱菊数茎随上下,无心整理任他黄;
后先不与时花竞,自吐霜中一段香。

读这首诗使人有自由与谦下之感,仿佛是读到了自己的心曲,不管这个世界如何对待我们,我只要吐出自己胸中的香气,也就够了。

在台湾乡下,有时会看到野生的菊花,各种大小各种颜色的菊花,那也不是真正野生的,而是随意被插种在庭园的院子里,它们永远不会被剪枝或瓶插,只是自自然然地长大、开启与凋零,但它们不失去傲霜的本色,在寒冷的冬季,它们总可以冲破封冻,自尊地开出自己的颜色。

有一次在澎湖的无人岛上,看见整个岛已被天人菊所侵占,那遍满的小菊即使在海风中也活得那么盎然,没有一丝怨意地兴高采烈,怪不得历史上那么多诗人画家看到菊花时都要感怀自己的身世,有时候,像野菊那样痛痛快快地活着,竟也是一种奢求了。

"天人菊",多么好的名字,是菊花中最尊贵的名字,但它是没有人要的、开在角落的海风中的菊花。

最美的花往往和最美的人一样,很少人能看见,欣赏。

山野的春气

带孩子到土城和三峡中间的山中去,正好是春天。这是人迹稀少的山道,石阶上还留着昨夜留下的露水。在极静的山林中,仿佛能听见远处大汉溪的声音。

这时我们看见在林木底下有一些紫色的花,正张开花瓣在呼吸着晨间流动的空气。那是酢浆草花,是这世界上最平凡的花,但开在山中的风姿自是不同,它比一般所见的要大三倍,而且颜色清丽,没有丝毫尘埃。最奇特的是它的草茎,由于土地肥满,最短的茎约有一尺,最长的抽离地面竟达三尺多。

孩子看到酢浆花神奇的美大为惊叹,我们便离开小路走进山间去,摘取遍生在山野相思树下的草花,轻轻一拈,一株长长的酢浆花就被拉拔起来。

春天的酢浆花开得真是繁盛,我们很快就采满一大束酢浆花,回到家插在花瓶里,好像把一整座山的美丽与春天全带了回来。连孩子都说:"从来没有看过这样美的花。"

来访的朋友也全部被酢浆花所惊艳,因为在我们的经验里几乎不能想象,一大束酢浆花之美可以冠绝一切花,这真是"乱头粗服,不掩国色"了。

酢浆花使我想起一位朋友的座右铭:在这个时代里,每个人都像百货公司的化妆品,你能定价多高,你的价值就有多高。

紫蓝色之梦

在家乡附近有一个很优美的湖，湖水晶明清澈，在分散的几处，开着白色的莲花，我小时候时常在清晨雾露未褪时跑去湖边看莲花。

有一天，不知从什么地方漂来一株矮小肥胖的植物，根、茎、叶子都是圆敦敦的，过不久再去看的时候，已经是几株结成一丛，家乡的老人说那是"布袋莲"，如果不立即清除，很快湖面就会被占满。

没想到在大家准备清除时，布袋莲竟开出一串串铃铛般的偏蓝带紫的花朵，我们都被那异样的美所震住了，那些布袋花有点像旅行中的异乡人，看不出它们有什么特殊，却带着谜样的异乡的风采。布袋莲以它美丽的花，保住了生命。

来自外地的布袋莲有着强烈繁衍的生命力，它们很快占据整个湖面，到最后甚至丢石头到湖里都丢不进去，这时，已经没有人有能力清除它了。

当布袋莲全面开花时，仍然有摄人的美，如沉浸在紫蓝色的梦境，但大家都感到厌烦了，甚至期待着台风或大水把它冲走。

布袋莲的启示是：美丽不可以嚣张，过度的美丽使人厌腻，如同百货公司的化妆品专柜一样。

马鞍藤与马蹄兰

马鞍藤是南部海边常见的植物，盛开的时候就像开大型运动会，比赛着似的，它的花介于牵牛花与番薯花之间，但比前两者花形更美、花朵更大、气势也更雄浑。

马鞍藤有着非常强盛的生命力，在海边的沙滩曝晒烈日、迎接海风，甚至灌溉海水都可以活存，有的根茎藏在沙中看起来已枯萎，第二年雨季来时，却又冒出芽来。

这又美又强盛的花，在海边，竟少人会欣赏。

另外，与马鞍藤背道而驰的是马蹄兰，马蹄兰的茎叶都很饱满，能开出纯白的恍若马蹄的花朵。它必须种在气温合适、多雨多水的田里，但又怕大风大雨，大雨一下会淋破它的花瓣，大风一吹又使它的肥茎摧折。

这两种花名有如兄弟的花，却表现了完全相反的特质，当然，因为这种特质也有了不同的命运。马鞍藤被看成是轻贱的花，顺着自然生长或凋落，绝没有人会采摘；马蹄兰则被看成是珍贵的花被宝爱着，而它最大的用途是用在丧礼上，被看成是无常的象征。

人生，有时像马鞍藤与马蹄兰一样，会陷入两难之境，不过现代人的选择越来越少，很少人能选择马鞍藤的生活，只好做温室的马蹄兰。

辑二　发芽的心情

迷 路 的 云

一群云朵自海面那头飞起,缓缓从他头上飘过。他凝神注视,看那些云飞往山的凹口。

他感觉着海上风的流向,判断那群云必会穿过凹口,飞向另一海面夕阳悬挂的位置。

于是,像平常一样,他斜躺在维多利亚山的山腰,等待着云的流动;偶尔也侧过头看努力升上山的铁轨缆车,叽叽喳喳地向山顶上开去。每次如此坐看缆车他总是感动着,这是一座多么美丽而有声息的山,沿着山势盖满色泽高雅的别墅,站在高处看,整个香港九龙海岸全入眼底,可以看到海浪翻滚而起的浪花,远远的,那浪花有点像记忆里河岸的蒲公英,随风一四散,就找不到踪迹。

记不得什么时候开始爱这样看云，下班以后，他常信步走到维多利亚山车站买了票，孤单地坐在右侧窗口的最后一个位置，随车升高。缆车道上山势多变，不知道下一刻会有什么样的视野。有时视野平朗了，以为下一站可以看得更远，下一站却被一株大树挡住了；有时又遇到一座数十层高的大厦横挡视线，由于那样多变的趣味，他才觉得自己幽邈的存在，并且感到存在的那种腾空的快感。

　　他很少坐到山顶，因为不习惯在山顶上那座名叫"太平阁"的大楼里吵闹的人声。通常在山腰就下了车，找一处僻静的所在，能抬眼望山、能放眼看海，还能看云看天空，看他居住了二十年的海岛，和小星星一样罗列在港九周边的小岛。

　　好天气的日子，可以远望到海边豪华的私人游艇靠岸，在港九渡轮的扑扑声中，仿佛能听到游艇上的人声与笑语。在近处，有时候英国富豪在宽大翠绿的庭院里大宴宾客，红粉与鬓影有如一谷蝴蝶在花园中飞舞，黑发的中国仆人端着鸡尾酒，穿黑色西服打黑色蝴蝶领结，忙碌穿梭找人送酒，在满谷有颜色的蝴蝶中，如黑夜的一只蛾，奔波的找着有灯的所在。

　　如果天阴，风吹得猛，他就抬头专注地看奔跑如海潮的云朵，一任思绪飞奔：云是夕阳与风的翅膀，云是闪着花蜜的白蛱蝶；

云是秋天里白茶花的颜色，云是岁月里褪了颜色的衣袖；云是惆怅淡淡的影子，云是愈走愈遥远的橹声；云是……云有时候甚至是天空里写满的朵朵挽歌！

少年时候他就爱看云，那时候他家住在台湾新竹，冬天的风城，风速是很烈的，云比别的地方来得飞快，仿佛是赶着去赴远地的约会。放学的时候，他常捧着书坐在碧色的校园，看云看得痴了。那时他随父亲经过一长串逃难的岁月，惊魂甫定，连看云都会忧心起来，觉得年幼的自己是一朵平和的白云，由于强风的吹袭，竟自与别的云推挤求生，匆匆忙忙地跑着路，却又不知为何要那样奔跑。

更小的时候，他的家乡在杭州，但杭州几乎没有给他留下什么印象，只记得离开的前一天，母亲忙着为父亲缝着衣服的暗袋，以便装进一些金银细软，他坐在旁边，看母亲缝衣；本就沉默的母亲不知为何落了泪，他觉得无聊，就独自跑到院子，呆呆看天空的云，记得那一日的云是黄黄的琥珀色，有些老，也有点冰凉。

是因为云的印象吧！他读完大学便急急想留学，他是家族留下的唯一男子，父亲本来不同意他的远行，后来也同意了，那时留学好像是青年的必经之路。

留学前夕，父亲在灯下对他说："你留学也好，可以顺便打听你母亲的消息。"然后父子俩红着眼互相对望，一句话也说不出口。

他看到父亲高大微偻的背影转出房门，自己支着双颊，感觉到泪珠滚烫迸出，流到下巴的时候却是凉了，冷冷的落在玻璃桌板上，四散流开。那一刻他才体会到父亲同意他留学的心情，原来还是惦记着留在杭州的母亲。父亲已不止一次忧伤地对他重复，离乡时曾向母亲允诺："我把那边安顿了就来接你。"他仿佛可以看见青年的父亲从船舱中，含泪注视着家乡在窗口里愈小愈远，他想，倚在窗口看浪的父亲，目光定是一朵一朵撞碎的浪花。那离开母亲的心情，应是留学前夕与他面对时相同的情绪吧！

初到美国那几年，他确实想尽办法打听了母亲的消息，但印象并不明晰的故乡，如同迷蒙的大海，完全得不到一点回音。他的学校在美国北部，每年冬季冰雪封冻，由于等待母亲的音讯，他觉得天气格外冷冽。他拿到学位那年夏天，在毕业典礼上看到各地赶来的同学家长，突然想起在新竹的父亲和在杭州的母亲，在晴碧的天空下，同学为他拍照时，险险冷得落下泪来，不知道为什么，就绝望了与母亲重逢的念头。

也就在那一年，父亲遽然去世，他千里奔丧，竟未能见到父亲的最后一面，只从父亲的遗物里找到一帧母亲年轻时代的相片。

那时的母亲长相秀美，挽梳着乌云光泽的发髻，穿一袭几乎及地的旗袍，有一种旧中国的美。他原想把那帧照片放进父亲的坟里，最后还是将它收进自己的行囊，作为对母亲的一种纪念。

他寻找母亲的念头，因那帧相片又复活了。

美国经济不景气的那几年，他像一朵流浪的云一再被风追赶着转换工作，并且经过了一次失败而苍凉的婚姻，母亲的黑白旧照便成为他生命里唯一的慰藉。他的美国妻子离开他时说的话："你从小没有母亲，根本不知道怎么和女人相处；你们这一代的中国人，一直过着荒谬的生活，根本不知道怎么去过一个人最基本的生活。"常随着母亲的照片在黑夜的孤单里鞭笞着他。

他决定来香港，实在是一个偶然的选择，公司在香港正好有缺，加上他对寻找母亲还有着梦一样的向往，最重要的原因是：如果他也算是有故乡的人，在香港，两个故乡离他都很近了。

"文革"以后，透过朋友寻找，联络到他老家的亲戚，才知道母亲早在五年前就去世了。朋友带出来的母亲遗物里，有一帧他从未见过的，父亲青年时代着黑色西装的照片。考究的西装、自信的笑容，与他后来记忆中的父亲有着相当遥远的距离，那帧父亲的照影，和他像一个人的两个影子，是那般相似，父亲曾经有过那样飞扬的姿容，是他从未料到的。

他看着父亲青年时代有神采的照片，有如隔着迷蒙的毛玻璃，看着自己被翻版的脸，他不仅影印了父亲的形貌，也继承了父亲一生在岁月之舟里流浪的悲哀。那种悲哀，拍照时犹青年的父亲是料不到的，也是他在中年以前还不能感受到的。

他决定到母亲的坟前祭拜。

火车愈近杭州，他愈是有一种逃开的冲动，因为他不知道在母亲的坟前，自己是不是承受得住。看着窗外飞去的景物，是那样地陌生，灰色的人群也是影子一样，看不真切。下了杭州车站，月台上因随地吐痰而凝结成的斑痕，使他几乎找不到落脚的地方。这就是日夜梦着的自己的故乡吗？他靠在月台的柱子上冷得发抖，而那时却是杭州燠热的夏天正午。

他终于没有找到母亲的坟墓，因为"文革"时大多数人都是草草落葬，连个墓碑都没有，他只有跪在最可能埋葬母亲的坟地附近，再也按捺不住，仰天哭号起来，深深地感觉到作为人无所归依的寂寞与凄凉，想到妻子丢下他时所说的话，这一代的中国人，甚至连墓碑上的一个名字都找不到。

他没有立即离开故乡，甚至还依照旅游指南，去了西湖，去了岳王庙，去了灵隐寺、六和塔和雁荡山。那些在他记忆里不曾存在的地方，他却肯定在他最年小的最初，父母亲曾牵手带他走过。

印象最深的是他到飞来峰看石刻,有一尊肥胖的、笑得十分开心的弥勒佛,是刻于后周广顺年间的佛像,斜躺在巨大的石壁里,挺着肚皮笑了一千多年。那里有一副对联:"泉自冷时冷起,峰从飞处飞来",传说"飞来峰"原是天竺灵鹫山的小岭,不知何时从印度飞来杭州。他面对笑着的弥勒佛,痛苦地想起了父母亲的后半生。一座山峰都可以飞来飞去,人间的飘泊就格外地渺小起来。在那尊佛像前,他独自坐了一个下午,直到看不见天上的白云,斜阳在峰背隐去,才起身下山,在山阶间重重地跌了一跤,那一跤,这些年都在他的腰间隐隐作痛,每想到一家人的离散沉埋,腰痛就从那跌落的一处迅速窜满他的全身。

香港平和的生活并没有使他的伤痕在时间里平息,他有时含泪听九龙开往广州最后一班火车的声音,有时鼻酸地想起他成长起来的新竹,两个故乡,使他知道香港是个无根之地,和他的身世一样找不到落脚的地方。他每天在地下电车里看着拥挤着涌向出口奔走的行人,好像自己就埋在五百万的人潮中,流着流着流着,不知道要流往何处——那个感觉还是看云,天空是潭,云是无向的舟,应风而动,有的朝左流动,有的向右奔跑,有的则在原来的地方画着圆弧。

即使坐在港九渡轮，他也习惯站在船头，吹着海面上的冷风，因为那平稳的渡轮上如果不保持清醒，也成为一座不能确定的浮舟，明明港九是这么近的距离，但父亲携他离乡时不也是坐着轮船的吗？港九的人已习惯了从这个渡口到那个渡口，但他经过乱离，总隐隐有一种恐惧，怕那渡轮突然在一个不知名的地方靠岸。

"香港仔"也是他爱去的地方，那里疲惫生活着的人使他感受到无比的真实，一长列重叠靠岸的白帆船，也总不知要航往何处。有一回，他坐着海洋公园的空中缆车，俯望海面远处的白帆船，白帆张扬如翅，竟使他有一种悲哀的幻觉，港九正像一艘靠在岸上，可以乘坐五百万人的帆船，随时要启航，而航向未定。

海洋公园里有几只表演的海豚是台湾澎湖来的，每次他坐在高高的看台上欣赏海豚表演，就回到他年轻时代在澎湖服役的情形。他驻防的海边，时常有大量的海豚游过，一直是渔民财富的来源，他第一次从营房休假外出到海边散步，就遇到海岸上一长列横躺的海豚，那时潮水刚退，海豚尚未死亡，背后脖颈上的气孔一张一闭，吞吐着生命最后的泡沫。他感到海豚无比美丽，它们有着光滑晶莹的皮肤，背部是蔚蓝色，像无风时的海洋；腹部几近纯白，如同海上溅起的浪花；有的怀了孕的海豚，腹部是晚霞一般含着粉红琥珀的颜色。

迷路的云

渔民告诉他，海豚是胆小聪明善良的动物，渔民用锣鼓在海上围打，追赶它们进入预置好的海湾，等到潮水退出海湾，它们便曝晒在滩上，等待着死亡。有那运气好的海豚，被外国海洋公园挑选去训练表演，大部分的海豚则在海边喘气，然后被宰割，贱价卖去市场。

他听完渔民的话，看着海边一百多条美丽的海豚，默默作着生命最后的呼吸，他忍不住蹲在海滩上，将脸埋进双手，感觉到自己的泪濡湿了绿色的军服，也落到海豚等待死亡的岸上。他不只为海豚而哭，想到自己正是海豚晚霞一般腹里的生命，一生出来就已经注定了开始的命运。

这些年来，父母相继过世，妻子离他远去，他不只一次想到死亡，最后救他的不是别的，正是他当军官时蹲在海边看海豚的那一幕，让他觉得活着虽然艰难，到底是可珍惜的。他逐渐体会到母亲目送他们离乡前夕的心情，在中国人的心灵深处，别离的活着，甚至胜过团聚的等待死亡的噩运。那些聪明有着思想的海豚何尝不是这样希望自己的后代回到广阔的海洋呢？

他坐在海洋公园的看台上，每回都想起在海岸喘气的海豚，几乎看不见表演，几次都是海豚高高跃起时，被众人的掌声惊醒，身上全是冷汗。看台上笑着的香港人所看的是那些外国公园挑剩的海豚，那些空运走了的，则好像在小小的海水表演池里接受着求生的训练，逐渐忘记那些在海岸喘息的同类，也逐渐失去它们曾经拥有的广大的海洋。

澎湖的云是他见过最美的云，在高高的晴空上，云不像别的地方松散飘浮，每一朵都紧紧凝结如一个握紧的拳头，而且它们几近纯白，没有一丝杂质。

香港的云也是美的，但美在松散零乱，没有一个重心，它们像海洋公园的海豚，因长期豢养而肥胖了。也许是海风的关系，香港的云朵飞行的方向也不确定，常常右边的云横着来，而左边的云却直着走了。

毕竟他还是躺在维多利亚山看云，刚才他所注视的那一群云朵，正在通过山的凹处，一朵一朵有秩序地飞进去，不知道为什么，跟在最后的一朵竟离开云群有些远了，等到所有的云都通过山凹，那一朵却完全偏开了航向，往叉路绕着山头，也许是黄昏海面起风的关系吧！那云愈离愈远向不知名的所在奔去。

这是他看云极少有的现象，那最后的一朵云为何独独不肯顺着前云飞行的方向，它是在抗争什么吧！或者它根本就仅仅是迷路的一朵云！顺风的云像是写好的一首流浪的歌曲，而迷路的那朵就像滑得太高或落得太低的一个音符，把整首稳定优美的旋律，带进一种深深孤独的错误里。

夜色逐渐涌起，如茧一般地包围着那朵云，慢慢的，慢慢的，将云的白吞噬了，直到完全看不见了。他忧郁地觉得，自己正是那朵云，因为迷路，连最后的抗争都被淹没。

坐铁轨缆车下山时，港九遥远辉煌的灯火已经亮起，在向他招手，由于车速，冷风从窗外掼着他的脸，他一抬头，看见一轮苍白的月亮，剪贴在墨黑的天空，在风里是那样的不真实，回过头，在最后一排靠右的车窗玻璃，他看见自己冰凉的、流泪的侧影。

发芽的心情

有一年,我在武陵农场打工,为果农收成水蜜桃与水梨。那时候是冬天了,清晨起来要换上厚重的棉衣,因为山中的空气格外有一种清澈的冷,深深地呼吸时,凉沁的空气就涨满了整个胸肺。

我住在农人的仓库里,清晨挑起箩筐到果园子里去,薄雾正在果树间流动,等待太阳出来时往山边散去。在薄雾中,由于枝桠间的叶子稀疏,可以清楚地看见那些饱满圆熟的果实从雾里浮凸出来,青鲜的、还挂着夜之露水的果子,如同刚洗过一个干净的澡。

雾掠过果树,像一条广大的河流般,这时,阳光正巧洒下满地的金线,果实的颜色露出来了,梨子透明一般,几乎能看见表皮内部的水分。成熟的水蜜桃有一种粉状的红，在绿色的背景中，那微微的红如鸡心石一样，流动着一棵树的血液。

我最喜欢清晨曦光初见的时刻。一天的劳动刚要开始，心里感觉到要开始劳动的喜悦，而且面对一片昨天采摘时还青涩的果子，经过夜的洗礼，竟已成熟了，可以深切地感觉到生命的跃动，知道每一株果树全有着使果子成长的力量。我小心地将水蜜桃采下，放在已铺满软纸的箩筐里，手里能感觉到水蜜桃的重量，以及那充满甜水的内部质地。捧在手中的水蜜桃虽已离开了它的树枝，却像一株果树的心。

采摘水蜜桃和梨子原不是粗重的工作，可是到了中午，全身大致已经汗湿，中午冬日的暖阳使人不得不脱去外面的棉衣。这样轻微的劳作为何会让人汗流浃背呢？有时我这样想着。后来找到的原因是：水蜜桃与梨子虽不粗重，但它们那样容易受伤，非得全神贯注不可——全神贯注也算是我们对大地生养的果实一种应有的尊重吧！

才一个月的时间，我们差不多把果园中的果实完全采尽了，工人们全散工转回山下，我却爱上那里的水土，经过果园主人的准许，答应让我在仓库里一直住到春天。能够在山上过冬是我意想不到的事，那时候我早已从学校毕业，正等待着服兵役的征集令，由于无事，心情差不多放松下来了。我向附近的人借到一副钓具，空闲的时候就坐着的客运车，到雾社的碧湖去徜徉一天，偶尔能钓到几条小鱼，通常只是看饱了风景。

有时候我坐车到庐山去洗温泉，然后在温泉岩石上晒一个下午的太阳；有时候则到比较近的梨山，在小街上散步，看那些远从山下来赏冬景的游客。夜间一个人在仓库里，生起小小的煤炉，饮一壶烧酒，然后躺在床上，细细地听着窗外山风吹过林木的声音，才深深觉得自己是完全自由的人，是在自然中与大地工作过、静心等候春天的人。

采摘过的果园并不因此就放了假，果园主人还是每天到园子里去，做一些整理剪枝除草的工作，尤其是剪枝，有一天到园子去帮忙整理，我目见的园中景象令我大大吃惊。因为就在一个月前曾结满累累果实的园子，这时全像枯去了一般，不但没有了果实，连过去挂在枝尾端的叶子也都凋落净尽，只有一两株果树上还留着一片焦黄的、在风中抖颤的、随时要落在地上的黄叶。

园子中的落叶几乎铺满，走在上面窸窣有声，每一步都把落叶踩裂，碎在泥地上。我并不是不知道冬天树叶会落尽的道理，但是对于生长在南部的孩子，树总是常绿的，看到一片枯树，觉得有些反常。

我静静地立在园中，环目四顾，看那些我曾为它们的生命、为它们的果实而感动过的果树，如今充满了肃杀之气，我不禁在心中轻轻地叹息起来。同样的阳光、同样的雾，却洒在不同的景象之上。

曾经雇用我的主人，不能明白我的感伤，走过来拍我的肩，说："怎么了？站在这里发呆？"

"真没想到才几天的工夫，叶子全落尽了。"我说。

"当然了，今年不落尽叶子，明年就长不出新叶了，没有新叶，果子不知道要长在哪里呢！"园主人说。

然后他带领我在园中穿梭，手里拿着一把利剪，告诉我如何剪除那些已经没有生长力的树枝。他说那是一种割舍，因为长得太密的枝桠，明年固然能结出许多果子，但一棵果树的力量是一定的，太多的树枝可能结出太多的果，但会使所有的果都长得不好，经过剪除，就能大致把握明年的果实。我虽然感觉到那对一棵树的完整有伤害，但一棵果树不就是为了结果吗？为了结出更好的果，母株总要有所牺牲。

我看到有的拇指粗细的枝桠被剪落，还流着白色的汁液，我说："如果不剪枝呢？"

园主人说："你看过山地里野生的芭乐吗？它的果子会一年

比一年小，等到树枝长得太盛，就根本不能结果了。"

我们在果园里忙碌地剪枝除草，全是为了明年的春天作准备。春天，在冬日的冷风中感觉是十分遥远的日子，但是拔草的时候，看到那些在冬天也顽强抽芽的小草，似乎春天就在那深深的土地里，随时等候着涌冒出来。

果然，让我们等到了春天。

其实说是春天还嫌早，因为气温仍然冰冷一如前日。我到园子去的时候，发现果树像约定好的一样，几乎全都抽出绒毛一样的绿芽，那些绒绒的绿，昨夜刚从母亲的枝干挣脱出来，初面人世，每一片都绿得像透明的绿水晶，抖颤地睁开了眼睛。我看到，尤其是初剪枝的地方，芽抽得特别早，也特别鲜明，仿佛是在补偿着母亲的阵痛。我在果树前深深地受到了感动，好像我也感觉了那抽芽的心情。那是一种春天的心情，只有在最深的土地中才能探知。

我无法抑制心中的兴奋与感动，每天第一件事就是跑去园子，看那些喧哗的芽一片片长成绿色的叶子，并且有的还长出嫩绿的枝桠，逐渐在野风中转成褐色。有时候，我一天去看过好几次，感觉黄昏的落日里，叶子长得比当日黎明要大得多。那是一种奇妙的观察，确实能知道春天的讯息。春天原来是无形的，可是藉着树上的叶、草上的花，我们竟能真切地触摸到春天——冬天与春天不是天上的两颗星那么遥远，而是同一株树上的两片叶子，那样密结地跨着步。

我离开农场的时候，春阳和熙，人也能感觉到春天的肤触了。园子里的果树也差不多长出整树的叶子，但是有两株果树却没有发出新芽，枝桠枯干，一碰就断落，它们已经在冬天里枯干了。

果园的主人告诉我，每一年过了冬季，总有一些果树就那样死去了，有些当年还结过好果的树也不例外，他也想不出什么原因，只说："果树和人一样也是有寿命的，短寿的可能未长果就夭折，有的活了五年，有的活了十几年，真是说不准的。奇怪的是，果树的死亡真没有什么征兆，有的明明果子长得好好的，却就那样地死去了……"

"真是奇怪，这些果树是同时播种，长在同一片土地上，受到相同的照顾，种类也都一样，为什么有的到了冬天以后就活不过来呢？"我问着。

我们都不能解开这个谜题，站在树前互相对望。夜里，我为这个问题而想得失眠了。果树在冬天落尽叶子，为何有的在春天不能复活呢？园子里的果树都还年轻，不应该这样就死去！

"是不是有的果树不是不能复活，而是不肯活下去呢？就像有一些人失去了生的意志而自杀了？或者说，在春天里发芽也要心情，那些强悍的树被剪枝，它们用发芽来补偿，而比较柔弱的树被剪枝，则伤心地失去了对春天的期待与心情。树，是不是有心情的呢？"我这样反复地询问自己，知道难以找到答案，因为我只看到树的外观，不能了解树的心情。就像我从树身上知道了春的讯息，却并不完全了解春天。

我想到，人世里的波折其实也和果树一样。有时候我们面临冬天的肃杀，却还要被剪去枝桠，甚至流下了心里的汁液。那些懦弱的，就不能等到春天，只有永远保持春天的心情等待发芽的人，才能勇敢地过冬，才能在流血之后还能繁叶满树，然后结出比剪枝前更好的果。

多年以来，我心中时常浮现出那两株枯去的水蜜桃树，尤其是当受到无情的波折与打击时，那两株原本无关紧要的树，它们的枯枝就像两座生铁的雕塑，从我的心中撑举出来，我对自己说："跨过去，春天不远了，我永远不要失去发芽的心情。"而我果然就不会被冬寒与剪枝击败，虽然有时静夜想想，也会黯然流下泪来，但那些泪在一个新的春天来临时，往往成为最好的肥料。

黄 昏 菩 提

我欢喜黄昏的时候在红砖道上散步,因为不管什么天气,黄昏的光总让人感到特别安静,能较深刻省思自己与城市共同的心灵。但那种安静只是心情的,只要心情一离开或者木棉或者杜鹃或者菩提树,一回头,人声车声哗然醒来,那时候就能感受到城市某些令人忧心的品质。

这种品质使我们在吵闹的车流里有一种难以言喻的寂寞;在奔逐的人群与闪亮的霓虹灯里,我们更深地体会了孤独;在美丽的玻璃帷幕明亮的反光中,看清了这个大城冷漠的质地。

居住在这个大城,我时常思索着怎样来注视这个城,怎样找到它的美,或者风情,或者温柔,或者什么都可以。

有一天我散步累了,坐在建国南路口,看见这样的场景:疾驰的摩托车撞上左转的货车，因挤压而碎裂的铁与玻璃，和着人体撕伤的血泪，正好喷溅在我最喜欢的一小片金盏花的花圃上。然后刺耳的警笛与救护车，尖叫与围拢的人群，堵塞与叫骂的司机……好像一团碎铁屑，因磁铁辗过而改变了方向，纷乱骚动着。

对街那头并未受到影响，公车牌上等候的人正与公车司机大声叫骂。一个气喘咻咻的女人正跑步追赶着即将开动的公车。小学生纠察队正鸣笛制止一个中年人挤进他们的队伍。头发竖立如松的少年正对不肯停的计程车吐口水。穿西装的绅士正焦躁地把烟蒂猛然踩扁在脚下。

这许多急促的、喘着气的画面，几乎难以相信是发生在一个可以说非常美丽的黄昏。

惊疑、焦虑、匆忙、混乱的人，虽然具有都市人的性格、生活在都市，却永远见不到都市之美。

更糟的是无知。

有一次在花市举办花卉大餐，人与人互相压挤践踏，只是为了抢食刚剥下的玫瑰花瓣或者涂着沙拉酱的兰花。抢得最厉害的，是一种放着新鲜花瓣的红茶，我看到那粉红色的花瓣放进热气蒸腾的茶水，瞬间就萎缩了，然后沉落到杯底，我想，那抢着喝这杯茶的人不正是那一瓣花瓣吗？花市正是滚烫的茶水，它使花的美丽沉落，使人的美丽萎缩。

我从人缝穿出，看到五尺外的安全岛上，澎湖品种的天人菊独自开放着，以一种卓绝的、不可藐视的风姿。这种风姿自然是食花的人群所不可知的。天人菊的名声比不上玫瑰，滋味可能也比不上，但它悠闲不为人知的风情，却使它的美丽有了不受摧折的生命。

悠闲不为人知的风情，是这个都市最难能的风情。有一次参加一个紧张的会议，会议上正纷纭地揣测着消费者的性别、年龄、习惯与爱好：什么样的商品是十五到二十五岁的人想要的？什么样的资讯最适合这个城市的青年？什么样的颜色最能激起购买欲？什么样的抽奖与赠送最能使消费者盲目？

而且，用什么形式推出才是我们的卖点和消费者情不自禁的买点？

后来，会议陷入了长长的沉默，灼热的烟雾弥漫在空调不敷应用的会议室里。

我绕过狭长的会议桌，走到长长的、只有一面窗的走廊透气，从十四层的高楼俯视，看到阳光正以优美的波长，投射在春天的菩提树上，反射出一种娇嫩的生命之骚动，我便临时决定不再参加会议，下了楼，轻轻踩在红砖路上，听着欢跃欲歌的树叶长大的声音，细微几至不可听见。回头，正看到高楼会议室的灯光亮起，大家继续做着灵魂烧灼的游戏，那种燃烧使人处在半疯的状态，而结论却是必然的：没有人敢确定，现代消费者需要什么。

我也不敢确定，但我可以确定的是，现代人更需要诚恳的、关心的沟通，有情的、安定的讯息。就像如果我是春天这一排被局限在安全岛的菩提树，任何有情与温暖的注视，都将使我怀着感恩的心情。

生活在这样的都市里，我们都是菩提树，拥有的土地虽少，勉力抬头仍可看见广大的天空；我们虽有常在会议桌上被讨论的共相，可是我们每天每刻的美丽变化却不为人知。"一棵树需要什么呢？"园艺专家在电视上说，"阳光、空气，和水而已。还有一点点关心。"

活在都市的人也一样的吧！除了食物与工作，只是渴求着明澈的阳光，新鲜的空气，不被污染的水，以及一点点有良知的关心。

"会议的结果怎么样？"第二天我问一起开会的人。

"销售会议永远不会有正确的结论，因为没有人真正了解十五岁到二十五岁现代都市人的共同想法。"

如果有人说：我是你们真正需要的！

那人不一定真正知道我们的需要。

有一次在"仁爱国小"的操场政见台上,连续听到五个人说:"我是你们真正需要的。"那样高亢的呼声带着喝彩与掌声如烟火在空中散放。我走出来,看见安和路上黑夜的榕树,感觉是那样沉默、那样矮小,忍不住问它说:"你真正的需要是什么呢?"

我们其实像那沉默的榕树一样渺小,最需要的是自在地活着,走路时不必担心亡命的来车,呼吸时能品到空气的香甜,搭公车时不失去人的尊严,在深夜的黑巷中散步也能和陌生人微笑招呼,时常听到这个社会的良知正在觉醒,也就够了。

我更关心的不是我们需要什么,而是青年究竟需要什么?十五岁到二十五岁的,难道没有一个清楚的理想,让我们在思索推论里知悉吗?

我们关心的都市新人种,他们耳朵的罩着随身听,过大的衬衫放在裤外,即使好天,他们也罩一件长到小腿的黑色神秘风衣。少女们则像全身燃烧着颜色一样,黄绿色的发,红蓝色的衣服,黑白的鞋子,当她们打着拍子从我面前走过,就使我想起童话里跟随王子去解救公主的人物。

新人种的女孩,就像敦化南路圆环的花圃上,突然长出一株不可辨认的春花,它没有名字,色彩怪异,却开在时代的风里。

男孩们则是忠孝东路刚刚修剪过的路树，又冒出了不规则的枝桠，轻轻地反抗着剪刀。

最流行的杂志上说，那彩色的太阳眼镜是"燃烧的气息"，那长短不一染成红色的头发是"不可忽视的风格之美"，那一只红一只绿的布鞋是"青春的两个眼睛"，那过于巨大、不合身的衣服是"把世界的伤口包扎起来"，而那些新品种的都市人则被说成是"青春与时代的领航者"。

这些领航的大孩子，他们走在五线谱的音符上，走在调色盘的颜料上，走在电影院的看板上，走在虚空的玫瑰花瓣上，他们连走路的姿势，都与我的年轻时代不同了。

我的青年时代，曾经跪下来嗅闻泥土的芳香，因为那芳香而落泪；曾经热烈争辩民族该走的方向，因为那方向而忧心难眠；曾经用生命的热血与抱负写下慷慨悲壮的诗歌，因为那诗歌燃起火把互相传递。曾经，曾经都已是昨日，而昨日是西风中凋零的碧树。

"你说你们那一代忧国忧民，有理想有抱负，我请问你，你们到底做了什么了不起的大事？"一位西门町的少年这样问我。

我们到底做了什么了不起的大事？拿这个问题问飘过的风，得不到任何回声；问过路的树，没有一棵摇曳；问满天的星，天空里有墨黑的答案。这是多么可惊的问题，我们这些自谓有理想有抱负忧国忧民的中年人，只成为黄昏时稳重散步的都市人，那些不知道有明天而在街头热舞的少年，则是半跑半跳的都市人，这中间有什么差别呢？

有一次，我在延吉街花市，从一位年老的花贩口里找到一些答案，他说：

"有些种子要做肥料，有些种子要做泥土，有一些种子是天生就要开美丽的花。"

农人用犁耙翻开土地，覆盖了地上生长多年的草，草很快地成为土地的一部分。然后，农人在地上洒一把新品种的玫瑰花种子，那种子抽芽发茎，开出最美的璀璨之花。可是没有一朵玫瑰花知道，它身上流着小草的忧伤之血，也没有一朵玫瑰记得，它的开放是小草舍身的结晶。

我们这一代没有做过什么大事，我们没有任何功勋给青年颂歌，就像曾经在风中生长、在地底怀着热血、在大水来时挺立、在干旱的冬季等待春天、在黑暗的野地里仰望明亮天星的、一株卑微的小草一样，这算什么功勋呢？土地上任何一株小草不都是这样活着的吗？

所以，我们不必苛责少年，他们是天生就来开美丽的花，我们半生所追求的不也就是那样吗？无忧地快乐地活着。我们的现代是他们的古典，他们的朋克何尝不是明天的古典呢？且让我们维持一种平静的心情，欣赏这些天生的花吧！

光是站在旁边欣赏，好像也缺少一些东西。有一次散步时看到工人正在仁爱路种树，他们先把路树种在水泥盆子里，再把盆子埋入土中，为什么不直接种到土地里呢？我疑惑着。

工人说："用盆子是为了限制树的发展，免得树根太深，破坏了道路、水管和地下电缆。也免得树长太高，破坏了电线和景观。"

原来，这是都市路树的真相，也是都市青年的真相。

我们是风沙的中年，不能给温室的少年指出道路，就像草原的树没有资格告诉路树，应该如何往下扎根、往上生长。路树虽然被限制了根茎，但自有自己的风姿。

那样的心情，正如同一个晚秋的清晨，我发现路边的马樱丹结满了晶莹露珠，透明得没有一丝杂质的露珠停在深绿的叶脉上，那露水令我深深感动，不只是感动那种美，更惊奇于都市的花草也能在清晨有这样清明的露。

那么，我们对都市风格、人民品质的忧心是不是过度了呢？

都市的树也是树，都市人仍然是人。

凡是树，就会努力生长；凡是人，就不会无端堕落。

凡是人，就有人的温暖；凡是树，就会有树的风姿。

树的风姿，最美的是敦化南北路上的枫香树吧！在路边的咖啡屋叫一杯上好的咖啡，从明亮的落地窗望出去，深深感到那些安全岛上的枫香树，风情一点也不比香榭丽舍大道上典雅的树林逊色，虽然空气是脏了一点，交通是乱了一点，喇叭与哨子是吵了一点，但枫香树是多么可贵，犹自那样青翠、那样宁谧、那样深情，甚至有一种不可言说的傲骨，不肯为日渐败坏的环境屈身。

尤其是黄昏时分，阳光的金粉一束束从叶梢间穿过，落在满地的小草上，有时目光随阳光移动，还可以看到酢浆草新开的紫色小花，嫩黄色的小蛱蝶在花上飞舞，如果我们用画框框住，就是印象派中最美丽的光影了。可惜有很多人在都市生活了一辈子，总是匆忙地走来走去，从来没有看过这种美。

枫香之美、都市人之品质、都市之每株路树，虽各有各的风情，其实都是渺小的。有一回我登上郊外的山，反观这黄昏的都城，发现它被四面的山手拉手环抱着，温柔的夕阳抚触着城市的每一个角落，天边朗朗升起万道金霞，这时，一棵棵树不见了，一个个人也不见了，只看到互相拥抱的楼宇、互相缠绵的道路。城市，在那一刻，成为坐着沉思的人，它的污染拥挤脏乱都不见了，只留下繁华落尽后清明壮大庄严之美。

　　回望我所居的城市，这座平常使我因烦厌而去寻找细部之美的城，当时竟陪我跨越尘沙，照见了一些真实的大块的面目。那一天我在山顶上坐到辉煌的灯火为城市戴着光环才下山，下山时还感觉到美正一分一分地升起。

　　我们如果能回到自我心灵真正的明净，就能拂拭蒙尘的外表，接近更美丽单纯的内里，面对自己是这样，面对一座城市时不也是这样吗？清晨时分，我们在路上遇到全然陌生的人，互相点头微笑，那时我们的心是多么清明温情呀！我们的明净可以洗清互相的冷漠与污染，同时也可以洗涤整个城市。

　　如果我们的心足够明净，还会发现太阳离我们很近，月亮离我们很近，星星与路灯都放着光明，簇拥我们前行。

　　就像有一天我在仁爱路的菩提树上，发现了一个小红蚂蚁的窝，它们缓缓在春天的菩提枝桠上蠕动，充满了生命清新的力量，正伸出触角，迎接经过漫长阴雨之后都城的新春。

　　对我们来说，那乱车奔驰的路侧，是不适于生存甚至不适宜站立的；可是菩提树，它们努力站立，长出干净的新绿；小红蚂蚁自在生存，欣然迎接早春；我们都是一样，默默不为人知地在都市的脉搏里流动的一丝清明之血。

从有蚂蚁窝的菩提树荫走到阳光浪漫的黄昏,我深深地震动了,觉得在乡村生活的人是生命的自然,而在都市里生活的人更需要一些古典的心情、温柔的心情,和一些经过污染还能沉静的智慧。这株黄昏的菩提树、树中的小蚂蚁,不是与我一起,在经历过污染之后,面对自己古典、温柔、沉静的心情吗?

黄昏时,那一轮金橙色的夕阳离我们极远极远,但我们一发出智慧的声音,它就会安静地挂在树梢上,俯身来听,然后我感觉夕阳只是个纯真的孩子,它永远不受城市的染着,它的清明值得被赞美。

每当我走完了黄昏的散步、将要归家的时候,我就怀着感恩的心情摸摸夕阳的头发,说一些赞美与感激的话。

感恩这人世的缺憾,使我们警醒不至于堕落。

感恩这都市的污染,使我们有追求明净的智慧。

感恩那些看似无知的花树,使我们深刻地认清自我。

最大的感恩是,我们生而为有情的人,不是无情的东西,使我们能凭藉情的温暖,走出或冷漠或混乱或肮脏或匆忙或无知的津渡,找到源源不绝的生命之泉。

听完感恩与赞美,夕阳就点点头,躲到群山之背面,只留下满天羞红的双颊。

飞入芒花

母亲蹲在厨房的大灶旁边,手里拿着柴刀,用力劈砍香蕉树多汁的草茎,然后把剁碎的小茎丢到灶中大锅,与馊水同熬,准备去喂猪。

我从大厅迈过后院,跑进厨房时正看到母亲额上的汗水反射着门口射进的微光,非常明亮。

"妈,给我两角。"我靠在厨房的木板门上说。

"走!走!走!没看到没闲吗?"母亲头也没抬,继续做她的活儿。

"我只要两角银。"我细声但坚定地说。

"要做什么?"母亲被我这异乎寻常的口气触动,终于看了我一眼。

"我要去买金唌。"金唌是三十年前乡下孩子唯一能吃到的糖,浑圆的、坚硬的糖球上面粘了一些糖粒。一角钱两粒。

"没有钱给你买金唌。"母亲用力把柴刀剁下去。

"别人都有?为什么我们没有?"我怨愤地说。

"别人是别人,我们是我们,没有就是没有,别人做皇帝你怎么不去做皇帝!"母亲显然动了肝火,用力地剁香蕉块。柴刀砍在砧板上咚咚作响。

"做妈妈是怎么做的?连两角钱买金唌都没有?"

母亲不再作声,继续默默工作。

我那一天是吃了秤锤铁了心,冲口而出:"不管,我一定要!"说着就用力地踢厨房的门板。

母亲用尽力气,柴刀"咔"的一声站立在砧板上,顺手抄起一根生火的竹管,气极败坏地一言不发,劈头劈脑就打了下来。

我一转身,飞也似的蹦了出去,平常,我们一旦忤逆了母亲,只要一溜烟跑掉,她就不再追究,所以只要母亲一火,我们总是一口气跑出去。

那一天,母亲大概是气极了,并没有转头继续工作,反而快速地追了出来。我正奇怪的时候,发现母亲的速度异乎寻常地快,几乎像一阵风一样,我心里升起一种恐怖的感觉,想到脾气一向很好的母亲，这一次大概是真正生气了，万一被抓到，一定会被狠狠打一顿。母亲很少打我们，但只要她动了手，必然会把我们打到讨饶为止。

边跑边想，我立即选择了那条火车路的小径，那是家附近比较复杂而难走的小路，整条都是枕木，铁轨通过旗尾溪，悬空架在上面，我们天天都在这里玩耍，路径熟悉，通常母亲追我们的时候，我们就选这条路跑，母亲往往不会追来，而她也很少把气生到晚上，只要晚一点回家，让她担心一下，她气就消了，顶多也只是数落一顿。

那一天真是反常，母亲提着竹管，快步地跨过铁轨的枕木追过来，好像不追到我不肯罢休。我心里虽然害怕，却还是有恃无恐，因为我的身高已经长得快与母亲平行了，她即使用尽全力也追不上我，何况是在火车路上。

我边跑还边回头望母亲，母亲脸上的表情是冷漠而坚决的。我们一直维持着二十几米的距离。

"唉唷！"我跑过铁桥时，突然听到母亲惨叫一声，一回头，正好看到母亲扑跌在铁轨上面，噗的一声，显然跌得不轻。

我的第一个反应是：一定很痛！因为铁轨上铺的都是不规则的碎石子，我们这些小骨头跌倒都痛得半死，何况是妈妈？

我停下来，转身看母亲，她一时爬不起来，用力搓着膝盖，我看到鲜血从她的膝上流出，鲜红色的，非常鲜明。母亲咬着牙看我。

我不假思索地跑回去，跑到母亲身边，用力扶她站起，看到她腿上的伤势实在不轻，我跪下去说："妈，您打我吧！我错了。"

母亲把竹管用力地丢在地上，这时，我才看见她的泪从眼中急速地流出，然后她把我拉起，用力抱着我，我听到火车从很远很远的地方开过来。

我用力拥抱着母亲说："我以后不敢了。"

这是我小学二年级时的一幕，每次一想到母亲，那情景就立即回到我的心版，重新显影，我记忆中的母亲，那是她最生气的一次。其实，母亲是个很温和的人，她最不同的一点是，她从来不埋怨生活，很可能她心里也是埋怨的，但她嘴里从不说出，我这辈子也没听她说过一句粗野的话。

因此，母亲是比较倾向于沉默的，她不像一般乡下的妇人喋喋不休。这可能与她的教育与个性都有关系，在母亲的那个年代，她算是幸运的，受过初中的教育，日据时代的乡间能读到初中已算是知识分子了，何况是个女子。在我们那方圆几里内，母亲算是知识丰富的人，而且她写得一手娟秀的字，这一点是我小时候常引以为傲的。

我的基础教育都是来自母亲,很小的时候她就把《三字经》写在日历纸上让我背诵,并且教我习字。我如今写得一手好字就是受到她的影响,她常说:"别人从你的字里就可以看出你的为人和性格了。"

早期的农村社会,一般孩子的教育都落在母亲的身上,因为孩子多,父亲光是养家,已经没有余力教育孩子。我们很幸运的,有一位明理的、有知识的母亲。这一点,我的姐姐体会得更深刻,她考上大学的时候,母亲力排众议对父亲说:"再苦也要让她把大学读完。"在二十年前的乡间,让女孩子去读大学是需要很大的决心与勇气的。

母亲的父亲——我的外祖父——在他居住的乡里是颇受敬重的士绅,日据时代在政府机构任职,又兼营农事,是典型耕读传家的知识分子,他连续拥有了八个男孩,晚年时才生下母亲,因此,母亲在童年与少女时代格外受到钟爱,我的八个舅舅时常开玩笑地说:"我们八个兄弟合起来,还比不上你母亲受宠爱。"

母亲嫁给父亲是"半自由恋爱",由于祖父有一块田地在外祖父家旁,父亲常到那里去耕作,有时藉故到外祖父家歇脚喝水,就与母亲相识,互相闲谈几句,生起一些情意。后来祖父央媒人去提亲，外祖父见父亲老实可靠，勤劳能负责任，就答应了。

父亲提起当年为了博取外祖父母和舅舅们的好感，时常挑着两百多斤的农作在母亲家前来回走过，才能顺利娶回母亲。

其实，父亲与母亲在身材上不是十分相配的，父亲是身高六英尺的巨汉，母亲的身高只有一米五十，相差达三十公分。我家有一幅他们的结婚照，母亲站着能到父亲耳际，大家都觉得奇怪，问起来，才知道宽大的白纱礼服里放了一个圆凳子。

母亲是嫁到我们家才开始吃苦的，我们家的田原广大，食指浩繁，是当地少数的大家族。母亲嫁给父亲的头几年，大伯父二伯父相继过世，大伯母也随之去世，家外的事全由父亲撑持，家内的事则由二伯母和母亲负担，一家三十几口的衣食，加上养猪饲鸡，辛苦与忙碌可以想见。

我印象里还有几幕影像鲜明的静照，一幕是母亲以蓝底红花背巾背着我最小的弟弟，用力撑着猪栏、要到猪圈里去洗刷猪的粪便。那时母亲连续生了我们六个兄弟姊妹，家事操劳，身体十分瘦弱。我小学一年级，幺弟一岁，我常在母亲身边跟进跟出，那一次见她用力撑着跨过猪圈，我第一次体会到母亲的辛苦而落下泪来，如今那一条蓝底红花背巾的图案还时常浮现出来。

另一幕是，有时候家里缺乏青菜，母亲会牵着我的手，穿过家前的一片菅芒花，到番薯田里去采番薯叶，有时候则到溪畔野地去摘乌莘菜或芋头的嫩茎。有一次母亲和我穿过芒花的时候，我发现她和新开的芒花一般高，芒花雪一样地白，母亲的发墨一般地黑，真是非常地美。那时感觉到，能让母亲牵着手真是天下最幸福的事。

还有一幕是，大弟因小儿麻痹死去的时候，我们都忍不住大声哭泣，唯有母亲以双手掩面，我完全看不见她的表情，只见到她的两道眉毛一直在那里抽动。依照习俗，死了孩子的父母在孩子出殡那天，要用拐杖击打棺木，以责备孩子的不孝，但是母亲坚持不用拐杖，她只是扶着弟弟的棺木，默默地流泪。母亲那时的样子，到现在在我心中还鲜明如昔。

还有一幕经常上演的，是父亲到外面去喝酒彻夜未归，如果是夏日的夜晚，母亲就会搬着藤椅坐在晒谷场上说故事给我们听，讲虎姑婆，或者孙悟空，讲到孩子都撑不开眼睛，倒在地上睡着。

有一回，她说故事到一半，突然叫起来说："呀！真美。"我们回过头去，原来是我们家的狗互相追逐跑进前面那一片芒花，栖在芒花里无数的萤火虫哗然飞起，满天星星点点，衬着在月下波浪一样摇曳的芒花，真是美极了。美得让我们都呆住了。我再回头，看到那时才三十岁的母亲，脸上流露着欣悦的光泽，在星空下，我深深觉得母亲是多么地美丽，那时只有母亲的美才配得上满天的萤火。

于是那一夜，我们坐在母亲身侧，看萤火虫一一地飞入芒花，最后，只剩下一片宁静优雅的芒花轻轻摇动，父亲果然未归，远处的山头，晨曦微微升起，萤火在芒花中消失。

我和母亲的因缘也不可思议。她生我的那天，父亲急急跑出去请产婆来接生，产婆还没有来的时候我就生出了，是母亲拿起床头的剪刀亲手剪断我的脐带，使我顺利地投生到这个世界。

年幼的时候，我是最令母亲操心的一个，她为我的病弱不知道流了多少泪，在我患急病的时候，她抱着我跑十几里路去看医生，是常有的事。尤其在大弟死后，她对我的照顾更是无微不至，我今天能有很棒的身体，是母亲十几年仔细调护的结果。

我的母亲是这个世界上无数的平凡人之一，却也是这个世界上无数伟大的母亲之一，她是那样传统，有着强大的韧力与耐力，才能从艰苦的农村生活过来，丝毫不怀忧怨恨。她们那一代的生活目标非常单纯，只是顾着丈夫、照护儿女，几乎从没有想过自己的存在，在我的记忆中，母亲的忧病都是因我们而起，她的快乐也是因我们而起。

不久前，我回到乡下，看到旧家前的那一片芒花已经完全不见了，盖起一间一间的透天厝，现在那些芒花呢？仿佛都飞来开在母亲的头上，母亲的头发已经花白了。我想起母亲年轻时候走过芒花的黑发，不禁百感交集。尤其是父亲过世以后，母亲显得更孤单了，头发也更白了，这些都是她把半生的青春拿来抚育我们的代价。

童年时代，陪伴母亲看萤火虫飞入芒花的星星点点，在时空无常的流变里也不再有了，只有当我望见母亲的白发时才想起这些，想起萤火虫如何从芒花中哗然飞起，想起母亲脸上突然绽放的光泽，想起在这广大的人间，我唯一的母亲。

法 圆 师 妹

第一次见到法圆师妹,见到的竟是她的裸体。

那一年,他在彰化的一个地方驻防,是炮兵班的班长,有一天出操时找不到自己的班兵,等到班兵回来的时候,他罚他们在操场的烈日下站成一排。他虽刚刚升了班长,面对那些老兵还是装出极度威严而生气的样子。

他用力踹了一个班兵没有夹紧的小腿关节,压低声音说:"你们最好把去了什么地方说出来,否则就这样给我站到天黑。"顿了一顿,他冷冷地说,"我说到做到。"

他不知道为什么要发那样大的脾气,他原也不是坏脾气的人,只是见到自己的兵虽然受了处罚,脸上仍带着神秘的嘲讽;虽然闭紧了嘴巴,眼睛里仍互相露着笑意,那才真令他怒不可抑。

"如果你们说出去了哪里,我们马上就解散。"说完,他头也不回地走回营地的中山室,隔着窗户看着那些兵的动静。约莫过了半小时,他故意装成无事,走到操场前面,带着一种邪意的微笑问道:"哪一位说?老实说出来,我就不处罚你们。"

"报告班长,我们去看尼姑洗澡了。"一位平常滑舌的上等兵提足中气地说,其他的兵忍不住噗哧笑了出来。

"不准笑,把事情说清楚。"

兵们吞吞吐吐地报告说,营地不远处有个尼姑庵,住着许多年轻的尼姑,由于天热,她们下午时分常在庵里冲凉。

"人家在房子里洗澡,你们怎么看见?"他的语气缓和下来,因为发现自己对这件事感到好奇。

兵们又说,尼姑庵四周种了许多高大的荔枝树,他们选定了位置,从树上可以望透窗口,看到尼姑洗浴的情景。

一个兵饶舌地说:"报告班长,尼姑洗澡时,光溜溜的,很像橱窗里没有穿衣服的模特儿,很是好看……"

"不准再说了,解散!"他制止他们再讨论窥浴的事。

从此,虽然士兵们到尼姑庵去窥浴的事仍时有所闻,他并没有再过问,但这件事在他的心里却留下一种十分奇特的感觉,可以说,有时候他也有过到荔枝林里去窥视的冲动,尤其在夜里查哨的时候，从营区的山坡上望到远处的庵堂，总有几盏昏黄渺小的灯火自窗口逸出。但冲动只是冲动罢了，一直没有付诸实行，看尼姑洗澡在他的内心仿佛是一种极深的罪恶。

冬天的时候，他班里有一位班兵要退伍了，就是当年看尼姑洗澡被他处罚的兵，依照部队的惯例，他和其他的班兵在营外摆一桌酒席，欢送这位即将飞出牢笼的老鸟。他在军队里独来独往惯了，因此班兵们一再的叮嘱他无论如何要去参加酒席。

席间，因为酒兴的关系，喝到酒酣耳热的时候，大家谈起了部队中一些值得回味的事，那即将退伍的弟兄竟说："最值得回味的事莫过于在荔枝树上看尼姑洗澡了，真是人间难得几回！"然后士兵们也谈起被他罚站在烈日下的情景，有一位说："其实，班长，你应该去见识见识的，哪一天我带你去。"

他微笑地说："好呀！"

要退伍的那位弟兄走过来拥着他的肩，对大家说："我们何不今天晚上带班长一起去，给我的退伍留个纪念！"几个兵大声地起哄着，非要把他架到荔枝园里去。

他们摸黑从营房前的大路转进一极小的路，走过一些台阶，到了荔枝林里，他的兵选好了一株荔枝树对他说："班长，你上去吧！"他的童年是在果园里长大，三两下已经爬到了树顶，一个兵对他指点了方向。

从荔枝扶疏的树叶间隙望出去，正好可以看见尼姑庵背面的一间小窗，窗里的灯是昏黄的，但是在冬日的黑夜却十分明亮，他把视线投过去，正好见到一个尼姑穿衣的背影走出房门。

然后寂静了下来，连那些平日嘈杂不堪的兵们都屏息等待着，仿佛蹲在夜间演习的散兵坑内。隔了约有一分钟之久，他看见一位年轻的尼姑抱着衣服走进屋里，她穿着一件棉布的浅色宽袍，慢慢解开腰间的系带，露出她温润的血色鲜丽的身体，有很长的时间，他几乎忘记了呼吸。

那个尼姑的身体是玉一样地晶莹、澄明、洁净，这样的裸体不但没有使他窥浴的心情得到舒放，反而令他生出另外的异样情愫，就像有一次在寺庙里见到一尊披着薄纱的菩萨雕像，让他有一种不可抑止的景仰，忍不住地烧香礼拜。

他看到尼姑以轻柔细致、几近完美的动作沐浴，然后当他正面面对她的脸时，才发现她是一位十分美丽的少女，可能由于长期吃斋诵经，她的脸免不了有一般尼姑宝相庄严的味道，但庄严的眉目并没有隐藏住她全身散发出来的生命的热气，她的脸上跳跃着明媚的青春，似乎不应该是当尼姑的人。她的头发虽然理光了，他却可以凭着想象看见她秀发披散的样子。

到最后他深深地自责起来，觉得他们并没有资格，或者说根本不配来看这样冰清玉洁的少女沐浴。他的酒气全退了，想着想着，竟至感到孤单地落下泪来。

当他们穿过黑暗的林子走到有路灯的地方，一个兵正要开始讲今天夜里窥浴的成绩，突然回头看见他，惊讶地说："班长，你哭了。"

"没有什么。"他说。

"你看尼姑洗澡，为什么突然哭了呢？"

"这跟尼姑没有关系，真的没有什么。"他其实也不知道自己到底为了什么落泪，有一点点大概和看到那么美的少女去当尼姑有关。她那样美丽，为什么非要当尼姑？难道人世里容不下这样的美丽吗？

几个兵霎时间静默下来，走过乡下清凉的夜街，远处的几声狗吠，更加增添了寒意。走到营房门口，他突然拥抱了那个即将退伍的弟兄，互相一句话也说不出来，那个时候，弟兄们几乎可以体会到他的心情。他们曾经从天涯的各处被凑聚在一起，分离的前晚，互相保守了这样的秘密，如果不是前世，那里有这样的缘分呢？

"我会想念你的。"他最后呜咽地对他的兵说，他的兵没想到班长对他有那么深的情感，感激得手足无措站在当地，憋了半天才说："报告，班长，我也会想念你。"

自从在尼姑庵的后窗窥浴以后，他休假时，常信步走到庵堂里面。其实那不是一座真正的庵堂，而是一间寺院，它有着非常开阔的前庭，从前庭要步上庙堂的台阶，每一阶都是宽大而壮实。

神像所在的中厅虽不豪华，但有一种素净的高大，听说这座庙民国初年就已经有了，因此早就没有了新盖庙宇的烟火气，代之而起的是一种尘埃落尽之美，至于这间寺庙里为什么一直只有尼姑，就不得而知了。他们的营房就在寺庙的斜对面，虽然寺庙并不限外人进入，但军队为了避免事故，一向不准士兵们到庵里去。

他曾追查过这个不明文的规定，才知道许多许多年前，曾有一个士兵和一个尼姑在这里产生了恋情，带给庵堂和军营极大的震动，那故事最后喜剧收场，士兵退伍后带着还俗的尼姑回乡结婚去了。从此，军队里就一代一代地规定：平常没事不准到对面的庙里去。

那座寺庙的左侧和后园种满了荔枝树，只有右侧一小片地种了柳丁，那是由于尼姑保留了优良的传统，她们依靠自己的劳力来养活自己，夏天收成荔枝，冬天出售柳丁，荔枝与柳丁园间则种满了青菜。

他从佛堂侧门一转，就走到左边的荔枝园里，因为是白天，几乎与晚上荔枝园中的黑暗神秘完全不同了。他算定了方位，向他曾经爬过的荔枝树的位置走去，他很想知道，他们窥浴的那株荔枝树，白天长成什么样子。

走到一半，他看见一个尼姑的背影，蹲在树下除草，不知道为什么，光是看那背影，他就觉得她是那天被他看见的尼姑少女。

果然是她！

她一回头，令他有些惊慌地呆在那里。

她嫣然地笑了起来，说："你是对面的兵吗？"

他连忙点头，才发现自己原来换了便服，但一眼仍然可以看出是兵，兵的发型和衣着常有一种傻里傻气的气质。

"来看荔枝呀！还没有开花呢！荔枝要开花的时候最好看。"她说。

他发现她比夜里隔着水雾看时还要美，只是带着一种不知天高地厚的天真稚气，更衬出了她晶亮的水光流动的眼睛。她的唇薄轮廓鲜明，小巧的鼻子冒着汗珠，但她有一对深黑的眉毛，说什么那张脸好像都不该长在一个光亮的头上。

她见他不语，继续说道："你知不知道荔枝的花没有花瓣？看起来一丛一丛的，仔细看却没有花瓣。荔枝开花的时候有一种特别的香气，那香气很素很素，有一点像檀香的味道，可是比檀香的味道好闻多了，檀香有时还会冲人的鼻子，所以我喜欢到园子工作，不爱在堂里念经呢！"

"我是来随便走走的，"他对她的善良和真诚而觉得有趣，"你是？……要怎样称呼你呢？"

"我叫法圆，师姐们都叫我法圆师妹。"

"法圆，真好听的名字。"

"法圆就是万法常圆，师父说就是万法无滞的意思，要一切圆满，没有缺憾。我喜欢这个名字，比师姐的法空、法相、法真……好得多了，你就叫我法圆师妹好了。"

"法圆师妹……"

"什么事？"

他本想告诉她窥浴的事，提醒她以后洗澡别忘了关窗，但话到嘴边，怎么也说不出来，只好说："呀，没什么，我来帮你除草好了。"

"好呀！"

他蹲下来，在她的对面拔着冬风过后荔枝园里的残草，法圆师妹感激地望着他，顿时令他觉得他们两人都是非常寂寞的，像一丛没有花瓣的荔枝花。

他和法圆师妹成了很好的朋友，休假的时候，他常不自禁地就走到荔枝园里，法圆几乎整日都在荔枝园工作，她觉得在神坛前烧香礼拜远远不如在荔枝园里自在。

而他到荔枝园里也是因为与其到市区去和人相挤，还不如在园里帮忙法圆自在。他的祖母曾种有一片广大的荔枝园，因此他对荔枝一点也不陌生。

他慢慢地知道了法圆当尼姑的经过，可以说法圆一出生时就已经当了尼姑。她才出生两星期的时候，被丢弃在寺庙的前庭，师父便把她捡回抚养长大，她从来不知道自己的父母是谁，听说她的母亲在她的衣襟上留下一张条子，是因为自己被男友抛弃，生了法圆以后，怕她日后成为无父的孩子，便把她留在尼姑庵中，至少能衣食无缺，平安长大。她因此在尼姑庵中长大，没有经历过外面的岁月。

"我有时会想到自己的父母，为什么不肯要我，但这一生大概不会有答案了。"

法圆的师父并没有强制她出家，认为她长大了能自立生活以后仍然可以还俗，是她自己不肯离开尼姑庵，她说："我如果离开这里，万一我的母亲突然想起要找我，来这里也找不到，那我们就永远没有见面的日子了，一个人，一生都不知道自己的身世，是一件多么痛苦的事呀！"

"你可以出去找自己的母亲啊？"

"唉，从何找起呢？"

他看到法圆师妹几乎是没有烦恼的，她唯一的烦恼大概就是自己的身世了。因为常常在一起聊天，他们生出了一种兄妹一般的情感。

可是他们在一起的事，不知道为什么被连长知道了，有一天深夜晚点名以后，连长把他叫去。

"班长，听说你和对面尼姑庵里的一个尼姑很好？"

他不想对连长说什么，只是点点头。

连长过来拍他的肩："老弟，这可不是开玩笑的，你什么女朋友不好交，偏偏要找一个尼姑呢？你以后还是少到尼姑庵去走动，免得坏了人家修行的名节，不要忘了，你还是个军人！"

"报告连长，你误会了，我和她只是很普通的朋友。"

"一个军人，一个尼姑，就是普通朋友也是不普通的。"连长说。

他和法圆师妹的事，很快的成为当地众口哄传的逸闻，尤其是在部队里，谣言穿过无知者的口，传得更为炽烈了。

他原是不畏谣言的人，但法圆师妹到底是个出家人，在尼姑庵里她成为交相指责的对象，他们两人都没有辩白，因为不知从何说起,有几次他想过澄清,可是当有人说"你们两人在荔枝园里做些什么,谁知道呢?"时,使他了解到活在冤屈里的人有时一句话也不必多说。

害得他再也不敢走到寺庙里去。

幸好他的部队很快就移防了,所有的人都为移防而忙碌着,逐渐淡忘他和法圆的故事,他决定在移防之前去看一次法圆师妹。

法圆师妹已经不如以前有那样温润丰美的面容,她在几个月的谣传中消瘦得不成样子了,他们在荔枝园相见的时候,互相一句话都说不出来,法圆只是默默地流泪。

过了很久,他才说:"真对不起,害你受这么大的委屈。"

"不,"法圆抬起头来说,"这不是你的错,为什么我要是个尼姑呢?"

"你不要理会别人说什么,只要我们心中坦荡,别人的话又有什么要紧!"

法圆师妹沉思了半晌,坚定地说:"带我离开这里,我已经决定要还俗了。"

他婉转地告诉她,军队不久就要离开这里,他要随军到北部去,而且他的役期还有一年,不能带着她离开。

"我原来以为你会愿意的,过去我确实想安心做尼姑,发生这件事以后,我觉得自己应该好好地爱一次,我一定要离开这里,你带我走,我不会拖累你的。"

他默默地望着她。

"不管你的部队到了哪里,我都可以在那附近工作养活我自己,你不必担心我,只要带我走就好了。"法圆师妹的眼睛流露出过去从未见过的充满挑战与抗争的眼神。

"你等我,等我退伍以后一定回来带你,我们可以重新开始,那个时候我们都是一个人,不是一个尼姑和一个军人。"

"不!你现在就带我走,不然你会后悔的。"法圆站起来,笔直地注视着他。

"你让我想一想。"他心慌起来。

"不要想了,你到底带我还是不带?"法圆紧紧咬着牙,唇间几乎要流下血来。

"我……"他忧伤地望着她。

她突然转身,掩着面跑走了。

第二天,他随着部队登上了移防的火车,在火车上想到法圆师妹的样子,自己蹲在车厢的角落,默默地红了眼睛。其实在内心深处,他是喜欢着法圆的,他愿意带她去天涯的任何一个地方。

他之所以没有答应,是因为他还有一年在部队里,根本不能照顾她,而她从小在寺庙里长大,独自一个人根本不可能照顾自己的生活。他还暗暗下了决心,退伍的第二天就去带她,和她一起坠入万丈的红尘。

四个月以后,他的部队又移回寺庙对面的基地,等到一切安顿就绪已经是一星期以后了。他迫不及待地跑到寺庙去,正好有一位扫地的尼姑在庭前清扫落叶。

"请问,哪里可以找到法圆?"

"法圆师妹吗?她早就离开了,你有什么事吗?"

"我……她到哪里去了?"

"她呀!说来话长哩!你去问别人吧!"那个尼姑显然不肯再理他,埋头继续清扫。

后来他从留守基地的老士官长口中打听到法圆的事情。他随部队离开后不久,法圆师妹便怀孕了,被尼姑们逐出了门墙,不知所终。

那个老士官长简单地说了法圆的故事,突然问他:"你不是那个和法圆很好的班长吗?她肚子里的孩子是不是你的呢?"

他哑口无言地摇头,差点落下泪来。

从此,他完全失去了法圆的消息,法圆师妹和她的母亲一样,可能会永远在人世间消失了。想到他们分别的那一幕,他的心痛如刀绞，她到底是为了什么呢？难道怀孕是她离开空门的手段吗？

一直到他从部队退伍，法圆师妹都是他心里最沉重的背负，尤其在他要退伍的时候，寺庙左边的荔枝园结出了红艳艳的果实，尼姑们有时挑着荔枝到路边叫卖，他偶尔也去买荔枝，却怎么也吃不下口，想到法圆师妹第一次和他相见时说的话："你知不知道荔枝的花没有花瓣？看起来一丛一丛的，仔细看却没有花瓣。荔枝开花的时候有一种特别的香气，那香气很素很素，有一点像檀香的味道，可是比檀香的味道好闻多了，檀香有时还会冲人的鼻子……"常常令他在暗夜中哭了起来，每一个人的命运其实和荔枝花一样，有些人天生就没有花瓣的，只是默默地开花，默默地结果，在季节的推移中，一株荔枝没有选择地结出它的果实，而一个人也没有能力选择他自己的道路吧！

许多年以后，他差不多已经完全忘记了法圆师妹。

有一次，他出差的时候住在北部都市的一家旅店，他请旅社的服务生给他送来一杯咖啡，挂上电话，就在旅店的灯下整理未完成的文稿。

送咖啡来的服务生是个清丽的妇人，年龄已经不小了，但还有着少女一样冰雪的肌肤，她放下咖啡转身要走，他从她的背影里看到一个非常熟悉的影子，不禁冲口而出：

"法圆师妹！"

妇人转过身来，静静地看着他，带着一种疑惑的微笑，那熟悉的影子从他的眼前流过，他歉意地说："对不起，我认错人了。"

她笑得更美了，说："班长，你没有看错，我是法圆。"

他惊讶地端详着她，然后全身发抖起来："法圆，真的是你！"接着，尽力地抑制自己说："你变了样子。"

她还是微笑着："我留了头发，当然不同了。班长，你才是变了呢！"

法圆的平静感染了他，他平静地说："你在这里工作吗？"

法圆点点头，在饭店房间的沙发坐了下来，他们开始谈起了别后。

原来法圆真的是因为怀孕而离开了寺庙。

那一年，她要求他带她走的时候，由于他的迟疑，她完全失去了理性，她的怀孕是她自愿向一个不相识的男子献身。当时的她只有一个心思，就是不愿再当尼姑了，至于以什么方法离开寺庙，已经不重要了。

"很奇怪的，我的身体里大概流着我母亲的牺牲的血，遇到你以后，我开始想要过一个自我的生活，我不知道爱是什么，那个时候我很单纯，只是想要跟着你，只要好好地爱一次，其他的我都不计较，当时的压力愈大，我的决心更坚强，我不只下决心要离开那里，如果那个时候你带我走，我会一辈子侍候着你。"

"你的孩子的父亲呢？"

"我和他只见过几次面，后来我离开寺庙，我们已经没有联系了。他不重要。"

"你的孩子呢？"

"我生下孩子以后，把她放在我母亲把我丢下的那个寺庙的庭前。"

"啊……"

"这大概就是命吧！你离开以后，一切对我都不重要了。"

"你怎么忍心把自己的孩子放在那里？难道有你还不够吗？"他忍不住生气地说。

她的嘴角带着一种饱经沧桑的神秘的嘲讽："希望她长大以后能遇到一个愿意带她离开的班长。"

他沉默了一下："你为什么不等我回去接你，却要把包袱留给我呢？"

"有的心情你不会明白的，有时候过了五分钟，心情就完全不同了。生命的很多事，你错过一小时，很可能就错过一生了。

那时候我只是做了，并不确知这些道理，经过这些年，我才明白，就像今天一样，你住的这个旅馆，正好是我服务的地方，如果你不叫咖啡，或者领班不是叫我送，或者我转身时你没有叫我，我们都不能重逢，人生就是这样。"

"你就是这样子过活吗？"

"生活也就是这样，做尼姑有尼姑的痛苦，不做尼姑有不做尼姑的艰难，我只能选择其中的一种。"

然后他们陷进了一种艰难的对视，互相都不知道要谈些什么。他突然想起了在荔枝树上窥视她洗澡的一幕，仿佛看见了一条他们都还年轻的河流，当时刻一寸寸地从指间流去，他想告诉她那一件往事，终于说不出口。

"你还愿意带我走吗？"她又恢复了一种平静的微笑。

他迟疑地看着她。

"经过这么多年，经过这么多事，更不可能了，是吧！"她站起来，从衣袋里取出一个小的丝袋，说："这个还给你吧！是你当年掉在荔枝园里的一粒袖扣。"

他颤抖地打开丝袋，看到一粒绿色的袖扣，还像新的一样，忍不住落下泪来。

她叹了一口气说："我要走了，下面还有事情要做哩！有件事要让你知道，你是我生命里的第一个男人，我会想念你的，知道有你在这个世界上，我就会好好地活着。"

说完，她绝然地关门离去。

留下他紧紧握着那一粒年轻时代不小心掉落的、一个没有勇气的士官衣袖上的扣子。

第二天，他结账离去的时候，在柜台问起："可不可以帮我找一位法圆？"

"法圆？我们没有这个人。"

"呀！我是说昨天送咖啡给我的那位服务生。"

"喔！你是说常满吗？她今天请假呢！"

"她住在哪里呢？"

"不知道，我们的服务生常常换的。"

他走出旅馆，屋外的阳光十分炽烈，却还是感到冷，仿佛知道这一生再也不会再见到法圆师妹。

他握紧口袋里装着扣子的丝袋，想起法圆师妹对他说过的话：

"法圆就是万法常圆，师父说就是万法无滞的意思，要一切圆满，没有缺憾。"

那一刻他才真正的悔恨，二十岁的时候，他为什么是那样懦弱的人。

刺　花

　　我是那样地崇拜爸爸,他仿如一座伟岸而不可及的高山,虽然他也和常年狩猎的汉子一样,有着火爆的脾气,有时一言不合,会和别人干上一架,并且在我们不听话的时候,总是一阵好打,可是我崇拜他,当黄昏他背着猎物回家的时候。

　　十几年的山林生活,爸爸已经成为我们山村里最出色的猎人。

　　爸爸狩猎的才能表现在各方面,夕阳西下,他提着手电筒出去,深夜回家就带回一麻袋的兔子,他用强光照射兔子的眼睛,把那些暂时晕眩的兔子轻松地提着长耳回家。

　　冬天,他在深山里盖了一间茅屋,屋里堆积了废弃的破棉被,在寒冷的冬日清晨,我常随爸爸去收拾那些窝在棉被中冬眠的一卷卷毒蛇,有时一天可以捕到几十斤毒蛇,使我们能过着比一般山中专门捉毒蛇的人更好的生活。

爸爸打山羌、野猪、黑熊、山猫、梅花鹿，都自有他的一套方法，他还会追踪果子狸和穿山甲的踪迹，且万无一失。

爸爸有一个打猎的好伙伴，我们称他太郎叔，是泰雅族的山胞，脸上自左至右横过鼻梁一条青蓝蓝的刺花，他以世居深山的狩猎经验和勇力，配合爸爸的灵思，常能打到最多的猎物。太郎叔是个孤独的山地人，他太太在生儿子的时候死去，他唯一的儿子在打猎时因不忍杀死一窝小山猪，被他赶出了家门，因为在泰雅族人的传统里，饶恕猎物不是勇士的行为。太郎叔为此曾后悔，但他从来不提，只是偶尔在猎山猪时不知不觉地失神了。

小学一年级我生日的时候，爸爸送我一枝四点五口径的空气枪，并答应带我去做一次打山猪的惊险的狩猎。

那是夏季刚来，草莓刚刚收成的时候，空气中飘满了野草和泥土在阳光下蒸腾的香气，繁茂的野草在风里像波浪一样起伏，草的绿和山的苍郁交织成一个充满生命的世界。在草与山与天空间，孤鹰衬着蓝天缓缓地盘旋，松鼠在林间快乐地跳跃，远远近近都是绕来绕去的鸟声，无意间走过溪谷，满坑的蝴蝶会被步声惊飞，人便跌进彩色的、飞腾的童话世界。

那是走在山路上都忍不住要哼歌跳舞的季节。

刺花

  清晨，爸爸擦拭好他的猎枪，一巴掌把我从床上打醒，他的左肩和腰带上早已挂满了晶亮的子弹，德国制双管猎枪背在右肩上，露出擦过油的枪管。我在屋后水池漱洗时，爸爸仰天吹了一声尖长的口哨，召唤我们养的七只猎狗，它们一听到爸爸的召唤，便从屋里屋外各个角落飞窜出来，轻轻地讨好地吟吠着。爸爸一一拍打它们的额头，并爱抚地摸抓它们的颈部，然后我们便大跨步走出门口，往种满了刺竹的林中走去。

  在晨风中，刺竹林发出窸窸窣窣的摩擦声，我背着水壶和我的小猎枪，踩在露气未退的泥路上，太阳还没有露脸，天却蒙蒙地亮起来了，这时，多叶的刺竹林中都是白茫茫的雾气在轻轻地流荡着，雾扑在人脸上，带着一种沁凉的甜味。

  我们走过刺竹林，爸爸又吹起一声尖长的口哨，太郎叔养的两只土黄色猎狗从竹林那头奔跳过来，和我们的狗亲昵地招呼着，它们互相嗅着、舐着身体，一时，林间全是狗们兴奋的喘息声，有的在林里奔跑，有的互相扑咬着，爸爸用低沉的喉音喝斥着它们。

  才一忽儿的时间，太郎叔健壮的多毛的双腿迈到我们面前，他穿着一条卡其短裤，上身是一件麻线织成的山地服，向两边敞开，袒露出他黑黝黝的、仿佛金钢打造的精实胸膛，他手里提着一管土制猎枪，腰上悬着一个弹袋，他含蓄地微笑，对我们招呼，脸上的青蓝色刺花全快乐地跳跃着。

然后我们一行三人，九只猎狗，开始沿着黑肚大溪的溪床浩浩荡荡地出发，那条溪床因长年的冲积，大约已有三十米宽广，全布满了从山上冲下来的卵石，中间只有细细弱弱的一带水，好似期待着夏日暴雨来时再把溪床淹没，我们走不久，朝阳就从山坳口冒了出来，原来被山挡住的光，倾盆也似的扑到我们身上。

"我们大约中午以前可以抵达大毛山，如果你走快一点的话。"爸爸对我说。

"爸爸怎么知道大毛山上有山猪？"

"前几日，我和你太郎叔仔到大毛山打鸟，看过山猪出来讨食的痕迹，我们找到一窝山猪窟。"

"你们怎么不把它打下来？"

"就是要留给你来打呀！"爸爸说完，纵声长笑。

"猴囝仔，打山猪又不是射兔子，一枪就翻天的。"太郎叔微笑着说。

平常我看黑肚大溪时，一直以为它是平直地延伸出去，现在我发现它不是平直的，而是顺着左右的山势曲折辗转，我们走到一个坳口，以为它便是溪的源头，而一转身，它又往远方的山上盘旋上去。跑到溪岸上晒太阳的小毛蟹,一闻到我们的步声,便翻身落水,咚咚声响。

我们的猎狗则顽皮地赛跑,呼啸一阵,九只狗全飞也似的奔射出去,一直跑到剩下几个黑点在远方游动,再转眼的时间,他们又从远方驰回来磨蹭,伸长舌头,咧开大嘴,站在那里傻笑。

"这些狗仔冲来撞去,等一下遇到山猪要跑不动了。"我们最大的一只猎犬库路闻到爸爸的语音,亲昵地蹭过来嗅爸爸的腿脚,"去!去!"爸爸咒着。我很能了解爸爸的咒骂,他背着一身沉重的装备,我们的汗都落在溪边的石上,看到这一群猛龙活虎般的犬仔,不免有些又爱又气。

号喝一声,狗又全往前跑去。

"喏,你看,右边那座没有开垦过的山就是大毛山,我们要猎的山猪就在那山的腰边。"太郎叔指着前边告诉我,我抬头望去,大毛山高高矗立着,杂树与草把山染泼成浓密的绿色,大毛山的形状像我们课本上的剪纸,棱角分明。顺着黑肚大溪,我们竟一步一步地爬上了大毛山。

二毛山和小毛山被开垦出来以后,大毛山就成为我们这些山地人主要的猎场,长年的踩踏,竟使溪沿着山的地方被踩出了一条小路,我们到了山腰际的时候,狗们已经在山里面到处吠叫着,显出紧张与不安，爸爸低声喝斥着，狗们安静下来，伸长舌头在山腰上喘着长气。

太郎叔指着野相思树下零乱的草堆对我说："这些草都被山猪踩滚过，顺着草迹往前就是山猪窟，我们可以爬到前面的相思树上，用枪射杀山猪，比较安全。"我看着太郎叔指的地方，果然隐约有一个阴黑的山洞，洞前是繁密得几乎没有空隙的银合欢交错着，银合欢树上则开着一球球的圆形小黄花，有几只黑色的凤蝶在那里翩翩飞动。

狗们在这里特别地安静。

我们蹑着足，挨到山猪窟大约二十米的地方，那里果然有几棵野生的高大相思树，太郎叔伶俐地攀上右边的相思树，爸爸抱着我爬上左边的相思树，两棵树相聚十五米，正巧与山猪窟成为等边三角形，爸爸用手指示意我不要出声，轻声地说："等一下山猪出来，你就紧紧抱着这根树枝，不管怎么样，不要放手。"然后他大声地吹了口哨，叫道："库路，去！"

聪明的狗们一纵而上，就围在山猪窟前，大声而疯狂地吠叫起来，狗的叫声霎时间震响了整个山野，远远的山上还传过来凶猛的回声。我听见爸爸和太郎叔子弹上膛的声音，也把我的小猎枪举起来正对着山猪洞口。

狗叫了很长一阵子，忽然，一只黑乌乌的山猪像箭一般从洞中飞射出来，朝狗群奔去，猎狗们呼啸一声，全向四边逃去，山猪愤怒地奔驰了一阵，因不知要追哪一只狗，在野地里转了半天，颓然地回到洞里。

爸爸冷静地看山猪走回去，对我说："现在还不能打，要等到山猪跑得没有力气了再打，才不会让它逃回洞去。"

"狗为什么不咬它呢？"

"狗咬不过山猪。"

正在我们交谈的时候，狗群又飞也似的从四面八方跑回来，在洞口高声叫嚣，叫得山猪忍无可忍再一度跑出来，一阵狂奔乱转，还发出喔喔的叫声，狗一眨眼间就跑得看不见影子，山猪这一回追得很远，依然愤怒地走回来，它发现我们坐在树上，便疯狂地往我坐的相思树一头撞来，树枝整个摇晃着。我"哇"一声尖叫起来，爸爸一边揽着我一边说："不要怕，抱紧树枝，它撞不倒的。"我死命地抱着树，山猪一再地撞着树干，愈撞愈小，一直到气力用尽，才走回洞里。山猪的力头真大，它把对狗的愤怒都发泄在相思树上。

狗马上又回来了，胜利地叫着，它们的迅捷和合作就像一支训练有素的军队。

这一次山猪走出洞口，定定地看着狗群，发出喔喔的吼声，狗们稍稍后退，和它保持着距离，也不甘示弱地吠着，忍无可忍的山猪终于又向狗群冲了过去。

爸爸和太郎叔打了手势，说："可以了。"

山猪这一次追得很远，本来在洞口的银合欢被它冲撞得东倒西歪，爸爸和太郎叔把枪口对着山猪远去的方向，我也举枪瞄准，约一盏茶的时间，无力的山猪从山下走上来，快走到我们蹲伏的树上时，爸爸低沉地说："射！"

碰！碰！两声，山猪便摇摇晃晃地走了几步倒在地上，我清楚地看见它的额头和肩胛涌出大量的鲜血，倒在地上时仍抽动着，太郎叔又补了一枪，它很快停止挣扎。

"死了，"爸爸说，"我们吃午饭吧。"

"爸，为什么不下去捉它呢？"

"山猪都是一公一母住在洞里，我们只打死母的，公的出去讨食了，它回来看到母的被打死，会凶性大发，会伤人的。所以我们要等那只公的回来，一起打了。"

我想起爸爸很久以前对我说过的故事，有一次平地人到山里打猎，打了母的山猪就回去了，公的山猪发狂，把山里的一间茅屋撞平，杀了里面的一家四口，肚子上都是两个透明的窟窿，肠胃流了一地，我不觉吓了一身冷汗。爸爸说："山猪是有情的动物，愈是有情的动物，凶性愈大。"

我们开始坐在树上吃午饭，狗们跑回来在山猪身边高兴地蹭着嗅着，还抢着舔山猪流出来的血，爸爸把准备的狗食丢下去，它们便围过来抢食。

"爸，公的山猪什么时候会回来？"

"快了，如果窟里有小山猪的话，马上就会回来，如果没有，太阳下山以前也会回来。"

"你看，里面是不是有小山猪？"

"应该有，不然母山猪不会在洞里。"

我们很快就把饭团吃完了，吃饱的狗们在地上玩耍，有几只伏在地上伸长舌头喘气，并竖起耳朵来倾听着，爸爸看着它们，怜爱地说："这些狗仔真好。"

还不到一炷香的时间，原来坐在地上的狗警觉地站了起来，从我们前面的方向望去，爸爸说："山猪公回来了。"

话音未落，狗们已经围着上去，叫起来，远远地，一只比母山猪大一号的山猪低着头，悠闲地踱步过来，这只山猪公是深棕色的，头大身壮，嘴很长，嘴边还露出两根白得耀眼的獠牙，它很威武地走近洞口，仿佛无视身边叫着的狗。"自人的山猪呀，今天是你葬身之日,你还在那里威风……"我突然想起布袋戏的一句口白。狗们保持距离地在山猪旁乱叫乱跳,公山猪走到洞口,掀动鼻子,眼睛一斜,就看见血迹流满一地的母山猪,它突然"呜喔——"一声长叫,向狗群猛扑过去,机灵的狗早在它动身之际,就伸开长腿往四下散去。公山猪边追边呜叫着,在母山猪四周绕着圈子,终于无望地回到母山猪的身旁,用粗大的头颅挨着母山猪的身体摩擦,呜呜哀叫,叫声凄厉,听得我整个胸腔都浮动起来。

哭叫一阵,它抬头看见太郎叔藏身的地方,用它又长又尖的利牙向相思树没命地撞去,太郎叔紧紧抱着那棵树,树在强大的撞击下,像台风天一样摇动着,树叶像雨一样落了满地,它每撞一回,相思树干上就露出两个明显的伤口。"这山猪公死了老婆,起猁了。"爸爸说着,举枪对准那头山猪。

狗们又跑来挑逗它了,胆大的库路甚至还咬了它一口,山猪又开始追逐那群它明知追不上的猎狗,转了很大的一圈,它又折回来在母山猪的身侧哀鸣,它无助地把头埋在母山猪的胸前,爸爸叫:"射!"

又是碰!碰!两声,这一次,两枪都打中头部,鲜血翻涌,它抽搐两下就倒在血泊里,再也不动。它的身体正好压在母山猪的身上,一地都是鲜血。

我们从树上下来,才发现太郎叔的那棵树下落了一地的树皮,太郎叔说:"没看过这么猛的山猪,大概有一百多斤。"我们走过去检视那两只山猪,山猪的细长眼珠都翻了白眼,不肯瞑目。"果然有两只小山猪。"我们走到洞口,两只小狗一样大的山猪正在洞里的一角蠕动着、哀叫着。太郎叔把枪举起来对准那两只小山猪,意外的,他并没有开枪,颓然地放下双手说:"捉回去养吧!"爸爸和我默默对视,我们心里知道,他又想起了他离家的儿子。

太郎叔砍来一枝粗大的相思树桠,把四头山猪的脚都绑在树枝上,两个大人抬着山猪回家。我背着小空气枪,才想起今天一枪都没有打。

我们便在小山猪的哀鸣声和狗的戏耍里,一路无言地在斜阳的光辉里走回家。

在山上,打到一窝山猪是一件了不得的大事,我们雇的几个伐木工人和帮我们看山的阿火叔一家四口都来庆祝。我们就在家屋的庭院上升起火堆,把那只母山猪烤来吃,公山猪则腌制起来,准备过冬。

山上的夏夜是迷人的,空山里一片静寂,只有四周伴随的蛙虫鸣声,大家吃着、笑着,互相谈论自己打猎的英勇事迹。正当大人们喝酒喝得有几分醉意的时候,我看见屋后有个人影闪动了一下。

"爸,有人。"

"哪来的人?"

"我好像看到屋后有一个人。"

爸爸警觉地拾起一根竹棒站起来,嘀咕着:"会不会是盗林的山贼?"我随着爸爸走到屋后,果然有一个人躲在那里,爸爸大声吆喝:"谁?"声音刚喊出来,他就认出那是太郎叔的儿子,"阿雄仔,你回来,怎么躲在厝后,不到前面来?"

"阿伯,我阿爹……"

"你阿爹,早就原谅你了。"

爸爸便拉着阿雄哥仔走到屋前,边走边叫:"太郎,你看谁回来了?"

太郎叔走过来抱住阿雄哥仔,父子俩对看了一番,他说:"我今天才捉了两只小山猪要给你养哩!"然后便纵声大笑,声音响遍了空山。

那是一个难忘的晚上,狂欢的气氛弥漫了整个山区,太郎叔脸上青蓝蓝的刺花映着火光跳动的影像,经过几十年了,仍刻写在我童年的一页日记里。

光 之 四 书

光 之 色

当塞尚把苹果画成蓝色以后,大家对颜色突然开始有了奇异的视野,更不要说马蒂斯蓝色的向日葵,毕加索鲜红色的人体,夏卡尔绿色的脸了。

艺术家们都在追求绝对的真实,其实这种绝对往往不是一种常态。

我是真正见过蓝色苹果的。有一次去参加朋友的舞会,舞会上不免有些水果点心,我发现就在我坐的位子旁边一个摆设得精美的果盘,中间有几只梨山的青苹果,苹果之上一个色纸包扎的蓝灯,一束光正好打在苹果上,那苹果的蓝色正是塞尚画布上的色泽。那种感动竟使我微微地颤抖起来,想到诗人里尔克称赞塞尚的画:"是法国式的雅致与德国式的热情之平衡。"

设若有一个人,他从来没有见过苹果,那一刻,我指着那苹果说:苹果是蓝色的。他必然相信不疑。

然后,灯光变了,是一支快速度的舞,七彩的光在屋内旋转,打在果盘上,所有的水果顿时成为七彩的斑点流动。我抬头看到舞会男女,每个人脸上的肤色隐去,都是霓虹灯一样,只是一些活动的碎点,像极了修拉用细点描绘的那样。当刻,我不仅理解了马蒂斯、毕加索、夏卡尔种种,甚至看见了除去阳光以外的真实。

在阳光下,所有的事物自有它的颜色,当阳光隐去,在黑暗里,事物全失去了颜色。设若我们换了灯,灯泡与日光灯会使色泽不同,即使同是灯泡,百烛与十烛相去甚巨,不要说是一枝蜡烛了。我们时常说在黑夜的月光与烛光下就有了气氛,那是我们多出一种想象的空间,少去了逼人的现实。即使在阳光艳照的天气,我们突然走进树林,枝叶掩映,点点丝丝,气氛仿佛滤过,就围绕了周边。什么才是气氛呢?因为不真实,才有气有氛,令人迷惑。或者说除去直接无情的真实,留下迂回间接的真实,那就是一般人口里的气氛了。

有一回在乡下，听到一位农夫说到现今社会风气的败德，他说："都是电灯害的，电灯使人有了夜里的活动，而所有的坏事全是在黑暗里进行的。"想想，人在阳光的照耀下，到底还是保持着本色，黑暗里本色失去，一只苹果可以蓝，可以七彩，人还有什么不可为呢？

这样一想，阳光确实是无情，它让我们无所隐藏，它的无情在于它的无色，也在于它的永恒，又在于它的自然。不管人世有多少沧桑，阳光总不改变它的颜色，所以仿佛也不值得歌颂了。熟知中国文学的人应该发现，中国诗人词家少有写到阳光下的心情，他们写到的阳光尽是日暮（天寒翠袖薄，日暮倚修竹），尽是黄昏（月上柳梢头，人约黄昏后），尽是落日（大漠孤烟直，长河落日圆），尽是夕阳（去年天气旧亭台，夕阳西下几时回），尽是斜阳（斜阳外，寒鸦数点，流水绕孤村），尽是落照（家住苍烟落照间，丝毫尘事不相关）……阳光的无所不在、无地不照，反而只有离去时最后的照影才能勾起艺术家诗人的灵感，想起来真是奇怪的事。

一朝唐诗、一代宋词，大部分是在月下、灯烛下进行，你说奇怪不奇怪？说起来就是气氛作怪，如果是日正当中，仿佛都与情思、离愁、国仇、家恨无缘，思念故人自然是在月夜空山才有气氛，怀忧边地也只有在清风明月里才能服人，即使饮酒作乐，不在有月的晚上，难道是在白天吗？其实天底下最大的痛苦不是在夜里，而是在大太阳下也令人战栗，只是没有气氛，无法描摹罢了。

有阳光的天色，是给人工作的，不是给人艺术的，不是给人联想和忧思的。有阳光的艺术不是诗人词家的，而是画家的专利，一部中国艺术史大部分写着阳光，西方的艺术史也是亮灿照耀，到印象派的时候更是光影辉煌，只是现代艺术家似乎不满意这样，他们有意无意地改变光的颜色。抽象自不必说了，写实也不要俗人都看得见的颜色，而要透过画家的眼睛，他们说这是"超脱"，这是"真实"，这是"爱怎么画就怎么画才是创作"。

我常说艺术家是上帝的错误设计，因为他们要在阳光的永恒下，另外做自己的永恒，以为这样就成为永恒的主宰。艺术背叛了阳光的原色，生活也是如此。我们的黑夜愈来愈长，我们的屋子益来益密，谁还在乎有没有阳光呢？现在我如果批评塞尚的蓝苹果，一定引来一阵乱棒，就像齐白石若画了蓝色的柿子也会挨骂一样；其实前后只不过是百年的时间，一百年，就让现代人相信没有阳光日子一样自在，让现代人相信艺术家的真实胜过阳光的真实。

阳光本色的失落是现代人最可悲的一种，许多人不知道在阳光下，稻子可以绿成如何，天可以蓝到什么程度，而玫瑰花可以红到透明，那是因为过去在阳光下工作的占人类的大部分，现在变成小部分了；即使是在有光的日子里，推窗究竟看的是什么颜色呢？

我常在都市热闹的街路上散步，有时走过长长的一条路，找不到一根小草，有时一年看不到一只蝴蝶，这时我终于知道：我们心里的小草有时候是黑的，而在繁屋的每一面窗中，埋藏了无数苍白没有血色的蝴蝶。

光 之 香

我遇见一位年轻的农夫，在南方一个充满阳光的小镇。

那时是春末，一期稻作刚刚收成，春日阳光的金线如雨，倾盆地泼在温暖的土地上，牵牛花在篱笆上缠绵盛开，苦苓树上鸟雀追逐，竹林里的笋子正纷纷涨破土地。细心地想着植物突破土地、在阳光下成长的声音，真是人间里非常幸福的感觉。

农夫和我坐在稻埕旁边，稻子已经铺平张开在场上。由于阳光的照射，稻埕闪耀着金色的光泽，农夫的皮肤染上了一种强悍的铜色。我在农夫家作客,刚刚是我们一起把谷包的稻谷倒出来、用犁耙推平的,也不是推平,而是推成小小山脉一般,一条棱线接着一条棱线,这样可以让山脉两边的稻谷同时接受阳光的照射;似乎几千年来就是这样晒谷子的,因为等到阳光晒过,八爪耙把棱线推进原来的谷底,则稻谷翻身,原来埋在里面的谷子全翻到向阳的一面来——这样晒谷比平面有效而均衡,简直是一种阴阳的哲学了。

农夫用斗笠搨着脸上的汗珠,转过脸来对我说:"你深呼吸看看。"

我深深地吸了一口气,缓缓吐出。

他说:"你吸到什么没有?"

我吸到的是稻子的气味,有一点香。我说。

他开颜地笑了,说:"这不是稻子的气味,是阳光的香味。"

阳光的香味?我不解地望着他。

那年轻的农夫领着我走到稻埕中间,伸手抓起一把向阳一面的谷子,叫我用力地嗅,顿时,稻子成熟的香气整个扑进我的胸腔;然后,他抓起一把向阴的埋在内部的谷子让我嗅,却是没有香味了。这个实验我深深地吃惊,感觉到阳光的神奇,究竟为什么只有晒到阳光的谷子才有香味呢?年轻的农夫说他也不知道,是偶然在翻稻谷晒太阳时发现的,那时他还是大学学生,暑假偶尔帮忙农作,想象着都市里多采多姿的生活,自从晒谷时发现了阳光的香味,竟使他下决心要留在家乡。我们坐在稻埕边,漫无边际地谈起阳光的香味来,然后我几乎闻到了幼时刚晒干的衣服上的味道,新晒的棉被、新晒的书画,光的香气就那样淡淡地从童年中流泄出来。自从有了烘干机,那种衣香就消失在记忆里,从未想过竟是阳光的关系。

农夫自有他的哲学,他说:"你们都市人可不要小看阳光,有阳光的时候,空气的味道都是不同的。就说花香好了,你有没有分辨过阳光下的花与屋里的花,香气是不同的呢?"

我说:"那夜来香、昙花香又作何解呢?"

他笑得更得意了:"那是一种阴香,没有壮怀的。"

我便那样坐在稻埕边,一再地深呼吸,希望能细细品味阳光的香气,看我那样正经庄重,农夫说:"其实不必深呼吸也可以闻到,只是你的嗅觉在都市里退化了。"

光 之 味

在澎湖访问的时候,我常在路边看渔民晒鱿鱼,发现晒鱿鱼有两种方式：一种是把鱿鱼放在水泥地上，隔一段时间就翻过身来；一种是在没有水泥地的土地上，为了怕蒸起水汽，渔民把鱿鱼像旗子一样，一面面地挂在架起的竹竿上——这种景观在澎湖、兰屿是随处可见的，有的在台湾沿海也看得见。

有一次，一位渔民请我吃饭，桌子上有两盘鱿鱼，一盘是新鲜的、刚从海里捕到的鱿鱼，一盘是阳光晒干以后、用水泡发、再拿来煮的。渔民告诉我，鱿鱼不同于其他的鱼，其他的鱼当然是新鲜最好，鱿鱼则非经过阳光烤炙不会显出它的味道来。我仔细地吃起鱿鱼，发现新鲜的虽脆，却不像晒干的那样有味、有劲，为什么这样？真是没什么道理。难道阳光真有那样大的力量吗？

渔民见我不信，捞起一碗鱼翅汤给我，说："你看这鱼翅，新鲜的鱼翅，卖不到什么价钱，因为一点也不好吃，只有晒干的鱼翅才珍贵，因为香味百倍。"

为什么鱿鱼、鱼翅经过阳光曝晒以后会特别好吃呢？确是不可思议，其实不必说那么远，就是一只乌鱼子，干的乌鱼子价钱何止是新鲜乌鱼卵的十倍？

后来我在各地旅行的时候，特别留意这个问题，有一次在南投竹山吃东坡肉油焖笋尖，差一点没有吞下盘子。主人说那是因为今年的阳光特别好，晒出了最好吃的笋干；阳光差的时候，笋干显不出它的美味；嫩笋虽自有它的鲜美，然而经过阳光，却完全不同了。

鱿鱼、鱼翅、乌鱼子、笋干等等，阳光的功能不仅让它干燥、耐于久藏，也仿若穿透它，把气味凝聚起来，使它发散不同的味道。我们走入南货行里所闻到的干货聚集的味道、我们走进中药铺子扑鼻而来的草香药香，在从前，无一不是经由阳光的凝结。现在有毋需阳光的干燥方法，据说味道也不如从前了。一位老中医师向我描述从前"当归"的味道，说如今再怎样熬炼也不如昔日，我没有吃过旧日当归，不知其味，但这样说，让我感觉现今的阳光也不像古时有味了。

不久前，我到一个产制茶叶的地方，茶农对我说，好天气采摘的茶叶与阴天采摘的，烘焙出来的茶就是不同；同是一株茶，春茶与冬茶也全然两样；似乎一天与一天的阳光味觉不同，一季与一季的阳光更天差地别了，而它的先决条件，就是要具备一条敏感的舌头。不管在什么时代，总有一些人具备好的舌头，能辨别阳光的壮烈与阴柔——阳光那时刻像是一碟精心调制的小菜，即使差一些些，在食家的口中已自有高下了。

这样想，使我悲哀，因为盘中的阳光之味在时代的进程中，似乎日渐清淡起来。

光 之 触

八月的时候，我在埃及，沿着尼罗河自北向南，从开罗逆流而溯，一直往卢克索、帝王谷、亚斯文①诸地经过。那是埃及最热的天气，晒两天，能让人换过一层皮。

由于埃及阳光可怕的热度，我特别留心到当地人的穿着，北非各地，夏天的衣着也是一袭长袍长袖的服装，甚至头脸全包扎起来。我问一位埃及人："为什么太阳这么大，你们不穿短袖的衣服，反而把全身包扎起来呢？"他的回答很妙："因为太阳实在太大，短袖长袖同样热，长袖反而可以保护皮肤。"

在埃及八天的旅行，我在亚斯文旅店洗浴时，发现皮肤一层一层地脱落，如同干去的黄叶。埃及经验使我真实感受到阳光的威力，它不只是烧炙着人，甚至是刺痛、鞭打、揉搓着人的肌肤，阳光热烘烘地把我推进一个不可回避的地方，每一秒的照射都能真实地感应。

后来到了希腊，在爱琴海滨，阳光也从埃及那种磅礴波澜进入一个细致的形式，虽然同样强烈地包围着我。海风一吹，阳光

---

① 卢克索为埃及古城，位于尼罗河东岸。帝王谷为古埃及新王朝法老和贵族的陵墓区。亚斯文为埃及南部城市。

在四周汹涌，有浪大与浪小的时候。我感觉希腊的阳光像水一样推涌着，好像手指的按摩。

再来是意大利，阳光像极文艺复兴时代米开朗琪罗的雕像，开朗、强壮，但给人一种美学的感应，那时的阳光是轻拍着人的一双手，让我们面对艺术时真切地清醒着。

到了中欧诸国，阳光简直成为慈和温柔的怀抱，拥抱着我们。我感到相当的惊异，因为同是八月盛暑，阳光竟有着种种变化的触觉：或狂野、或壮朗、或温和、或柔腻，变化万千，加以欧洲空气的干燥，更触觉到阳光直接的照射。

那种触觉简直不只是肌肤的，也是心灵的，我想起一个寓言：

有一个瞎子，从来没有见过太阳，有一天他问一个好眼睛的人："太阳是什么样子呢？"

那人告诉他："太阳的样子像个铜盘。"

瞎子敲了敲铜盘，记住了铜盘的声音，过了几天，他听见敲钟的声音，以为那就是太阳了。

后来又有一个好眼睛的人告诉他："太阳是会发光的，就像蜡烛一样。"

瞎子摸摸蜡烛。认出了蜡烛的形式，又过了几天，他摸到一枝箫，以为这就是太阳了。

他一直无法搞清太阳是什么样子。

瞎子永远不能看见太阳的样子，自然是可悲的，但幸而瞎子同样能有阳光的触觉。寓言里只有手的触觉，而没有心灵的触觉；失去这种触觉，即使是好眼睛的人，也不能真正知道太阳。

冬天的时候，我坐在阳台上晒太阳，同一个下午的太阳，我们能感觉到每一刻的触觉都不一样，有时温暖得让人想脱去棉衫，有时一片云飘过，又冷得令人战栗。晒太阳的时候，我觉得阳光虽大，却是活的，是宇宙大心灵的证明，我想只要真正地面对过阳光，人就不会觉得自己是神，是万物之主宰。

只要晒过太阳，也会知道，冬天里的阳光是向着我们，但走远了。夏天则又逼近，不管什么时刻，我们都触及了它的存在。

记得梭罗在瓦尔登湖畔，清晨吸到新鲜空气，希望将那空气用瓶子装起，卖给那些迟起的人。我在晒太阳时则想，是不是有一种瓶子可以装满阳光，卖给那些没有晒过太阳的人呢？

每一天出门的时候，我们对阳光有没有触觉呢？如果没有，我们的感官能力正在消失，因为当一个人对阳光竟能无感，如果说他能对花鸟虫鱼、草木山河有观，都是自欺欺人的了。

季节十二帖

一　月
大　寒

冷也冷到顶点了。

高也高到极限了。

日光下的寒林没有一丝杂质，空气里的冰冷仿佛来自故乡遥远的北国，带着一些相思，还有细微几至不可辨认的骆驼的铃声。

再给我一点绿色吧，阳光对山说。

再给我一点温暖吧，山对太阳说。

再给我一朵云，再给我一把相思吧，空气对山岚说。

我们互相偎依取暖，究竟，冷也冷到顶点，高也高到极限了。

二　月
立　春

春气始至，下弦月是十一日的七时一分。

"如果月光开始温柔照耀的时候，请告诉我。"地底的青虫对着荷叶上的绿蛙说。

"我忙得很呢！我还要告诉茄子、白芋、西瓜、瓮菜、肉豆、荸荠，它们发芽的时间到了。"蛙说。

"那么谁来告诉我春天到来了呢？"青虫说。

"你可以静听远方的雷声，或是仕女们踏青的步声呀！"蛙说。

青虫遂伏耳静听，先听见的竟是抽芽的青草血液流动的声音。

三　月
惊　蛰

"雷鸣动，蛰虫皆震起而出，故名惊蛰。"

我们可以等待春天的第一声雷，到草原去，那以为是地震的蛰虫都沙沙地奔跑，互相走告：雷在春天，不知道为什么这一次打到地底来了。蚱蜢都笑起来,其实年年雷都震动地底,只是蛰虫生命短暂,不知道去年的事吧!

在童年遥远的记忆中,我们喜欢春天到草原去钓蛰虫,一株草伸入洞里,蛰虫就紧紧咬住,有如咬住春天。

童年老树下的回忆,在三月里想起来,特别有春阳一般的温馨。

四　月

清　明

"时万物洁显而清明,时当气清景明,故名。"

这一次让我们去看四月里温柔的草原与和煦的白云吧!因为如果错过了四月的草之绿与云之白,今年就再也没有什么景色可以领略了。

但是,别忘了出发前让心轻轻地沉静下来,用一种清明的心情去观照天空与花树的对话。

我走出去,感觉被和风包围,我对着一朵含苞的小黄花说:"亲爱的,四月的时候不要睡着了。"

五　月
小　满

天空突然下起雨来,对于天上的雨我们没有拒绝的权利,我们总是默默地接受了。

站在屋檐下避雨,我想着:为什么初夏的雨总没来由地下着,这时,竟有一些些美丽的心情,好像心里也被雨湿润了,痴痴地想起,某一年,是这样的五月,也是这样突然的初夏之雨,与一个心爱的人奔过落雨的大街。

冲进屋檐下的骑楼,抬头正与一个厢壁的石雕相遇,那石雕今日仍在,一起走过雨路的人,却远了。

五月的雨,总也是突然就停了。

阳光笑着,从天上跌落下来。

六　月
芒　种

"时可种有芒之谷,过此即失效,故曰芒种。"

坐火车飞过田野,偶尔会见到农夫正在田中插秧,点点的嫩绿在风中显得特别温柔，甚至让人忘记了那每一株都有一串汗水。

芒种，是多么美的名字，稻子的背负是芒种，麦穗的承担是芒种，高粱的波浪是芒种，天人菊在野风中盛放是芒种……有时候感觉到那一丝丝落下的阳光，也是芒种。

六月的明亮里，我们能感受到四处流动的光芒。

芒种，是深深把光芒植根，在某些特别的时候，我呼唤着你的名字，就仿佛把光芒种植。

七　　月

小　　暑

院里的玫瑰花，从去年落了以后就没有再开。

叶子倒仍然十分青翠，枝干也非常刚强，只是在落雨的黄昏，窗子结满雾气，从雾里看出，就见到了去年那个孤寂的自己。

这一次从海岸回来，意外地看到玫瑰花结成的苞，惊喜地感觉自己又寻回年轻时那温婉的心情，这小小的花，小小的暑气，使我感觉到真实的自我。

泡一杯碧萝春，看玫瑰花在暑气里挣扎开放，突然听见在遥远海边带回来的涛声，一波又一波清洗着我心灵的岬角。

八　月
立　秋

"秋训：禾谷熟也。"

梦里醒来的时候，推窗，发现天上还洒着月光。

仿佛才刚刚睡去，怎么忽然就从梦里醒来了呢？

刚刚确实是作了梦的，我努力回想梦境，所有的情节竟然都隐没了，只剩下一个古老的、优雅的、安静的回廊，回廊里有轻浅的步声，好像一声一声地从我的心头踩过。

让我再继续这个梦吧！躺下时我这样许着愿。

我果然又走进那个回廊，步声是我自己的，千回百转才走到出口，原来出口的地方满天红叶，阳光落了一地。

原来是秋天了，我在回廊里轻轻叹口气。

九　月
白　露

"阴气渐重，凝而为露，故名白露。"

几棵苍郁的树，被云雾和时间洗过，流露出一种沧桑的神色。我站在这山最高的地方下望,云一波波地从脚下流过,鸟声在背后传来,我好像也懂了站在这里的树的心情——站在最高的地方可以望远,但也要承担高的凄冷,还有那第一波来的白露。

候鸟大概很快就要从这里飞过,到南方的海边去了吧?

这时站在云雾封弥的山上,我闭上眼睛,就像看见南方那明媚的海岸。

十　月
霜　降

这一次我离开你,大概就不容易再见到你了。

暮色过后,我会有一个真正的离开,就让天空温柔的晚霞作最后见证,有一天再看见同样美的晚霞,不管在何时何地,我都会想起你来。

霜已经开始降了,风徐徐的,泪轻轻的,为了走出黑暗的悲剧,我只好悄悄离去。

我走的时候,感到夜色好冷,一股凉意自我的心头刺过。

十一月
立 冬

"冬者,终也。立冬之时向,万物终成,故名立冬。"

如果要认识青春,就要先认识青春有终结的时候。

为花的开放而欢喜,为花的凋落而感伤,这样,我们永远不能认识流过的时间,是一种自然的呈现。

在园子里紫丁香花开的时候,让我们喝春天的乌龙吧!

在群花散尽、木棉独自开放的冬日,让我们烘着暖炉,听维瓦尔第,喝咖啡吧!

冬天是多么美,那枝头最后落下的一朵木棉,是绝美!

十二月
冬 至

"吃过这碗汤圆,就长一岁了。"冬至的时候,母亲总是这样说。

母亲亲手做的汤圆格外好吃,尤其是在寒冷的冬夜,又和着成长的传说。

吃完汤圆，我们就全家围在一起喝热茶，看腾腾热气在冷的气候中久久不散，茶是父亲泡的，他每天都喝茶。但那一天，他环顾我们说："果然又长大一些。"

　　那是很多年前冬至的记忆，父亲逝世后，在冬至，我常想起他泡的茶，香味至今仍在齿颊。

有情十二帖

前　生

前生，我们也是在这样的溪水畔道别的吧！

要不然，我从山径一路走来，心原是十分平静的，可是我看见这条溪时，心为什么如水波一样涌动起来？周围清冽的空气，使我感到一种不知何处流来的可惊的寒冷。

以溪水为镜，我努力地想知道，这条溪与我有着什么样的因缘？或者是，我如何在溪的此岸，看着你渐去渐远的身影？或者是，同在一岸，你往下游走去，而我却溯源而上？

我什么都照映不出来，因为溪水太激动了。

这已是春天了呀？草正绿着，花正盛开，阳光正暖，溪水为什么竟有清冷而空茫的感觉呢？

想是与久远的前生有着不可知的关系。

在春天的时候，临溪而立，特别能感觉到生命是一道溪流，不知从何流来，不知流向何处。

此刻的我，仿佛是，奔流的河溪中刚刚落下的，一片叶子。

流　转

在十字路口的古董店临窗的角落，我坐在一张太师椅上，立刻就站起来，因为那张椅子上还留着别人坐过的温度。

从小我就不习惯坐别人坐过的热椅子，宁可站着等那椅子冷了，才落坐。尤其古董店的椅子，据说这张椅是清朝的，那美丽的雕花让我知道这不是平民的椅子，它的第一个主人曾经是富有的人吧！

现在，那个富有的人，他的财富必然已经散尽了，他的身体一定也在时空中消亡了，留下这一组椅子，没有哭笑，在午后的阳光中静静的，几乎是睡着一般。

我在古董店转了一圈，好像与时空一起流转，唐朝的三彩马，明代的铜香炉，清朝的瓷器，民初的碗盘，有很多还完美如新。

有一张八仙彩，新得还像某一个脸容贞静的妇女一针一针刺绣上去，针痕还在锦上，人却已经远去了，像空气，像轻轻的铜铃声。

在古董店，我们特别能感受时光的无情，以及生命的短暂，步出古董店时我觉得，即使在早春，也应珍惜正在流转的光阴。

山　雨

看着你微笑着，无声，在茫茫的雨雾从山下走来，你撑着的花伞，在每一格石阶一朵一朵开上来，三月道旁的杜鹃与你的伞一样有艳红的颜色。在春雨的绵绵里，我的忧伤，像雨里的乱草缠绵在一起，忧伤的雨就下在我的眼中。

眼看你就要到山顶，却在坡道转弯处隐去了，隐去如山中的风景，静默。雨，也无声。

山顶的凉亭里，有人在下棋，因为棋力相当，两个人静静地对坐着，偶尔传来一声"将军"，也在林间转了又转，才会消失。

我看着满天的雨，感觉这阵雨永远也不会停。

你果然没有到山顶上，转过坡道又下山了，我看着你的背影往山下走去，转一道弯就消失了，消失成雨中的山，空茫的山。

山雨不停，我心中忧伤的雨也一如山雨。

这阵雨永远也不会停了！看着满天的雨，我这样想着。

突然听到凉亭里传来一声高扬的：将军！

四　　月

我最喜欢四月的阳光，四月的阳光不愠不火，透明温润有琉璃的质感。

四月的阳光，使每一朵花都是水晶雕成，在风里唱着希望之歌，歌声五色，仿佛彩虹。

四月的阳光，使每一株草都是翡翠繁生，在土地上写着明日之诗，诗章湛蓝一如海洋。

在四月的阳光中，我们把冬寒的灰衣褪去，肤触着遥远天际传来的温热，使我想起童年时代，赤身奔跑过四月的田野，阳光就像母亲温暖的怀抱，然后我们跳入还留着去年冬寒的溪里游水。最后，我们带着全身琉璃的水珠躺在大石上，水一丝丝化入空中，我们就在溪边睡着了。

在四月的阳光中，草原、树林、溪流、石头都是净土，至少对无忧的孩子是这样的。所以，不论什么宗教，都说我们应该胸怀一如赤子，才能进入清净之地。

四月还是四月，温暖的阳光犹在，可叹的是我们都不再是赤了了。

石　　狮

我们走过生命的原野时，要像狮子一样，步步雄健，一步留下一个脚印。

我们渡过生命的河流之际，要像六牙香象，中流砥柱，截河而流，主宰自己生命的河流与方向。

我们行经生命的丛林小径，要像灰鹿之王，威严而柔和，雄壮而悲悯，使跟随我们的鹿群都能平安温饱。

这些都是佛经的譬喻，是要我们期许自己像狮子一样威猛，像香象一样壮大，像鹿王一样温和庄严。当我们想起这几种动物，真有如自己站在高山顶上，俯视着莽莽的林木与茫茫的草原，也有那样的气派。

狮子是文殊师利菩萨的坐骑，白象是普贤菩萨的坐骑，都是极有威势的护法，尤其狮子更是普遍，连民间一般寺庙都是由狮子来护法的。

今天路过一座寺庙，看到门前的石狮子有不同的表情，几乎是微笑着的,然后我想起每座寺庙前的狮子,虽是石头雕成,每只的表情都有细微的不同。

即使是石狮子,也是有心,特别是在温馨的五月清晨的微风之中。

欢　喜

黄山谷有一天去拜访晦堂禅师,问禅师说:"禅宗的奥义究竟是什么?"

晦堂禅师说:"《论语》上说:'二三子,以我为隐乎?吾无隐乎尔。'禅对你们也没有什么隐藏,这意思你懂吗?"

黄山谷说:"我不懂。"

然后,两人都沉默了,一起在山路上散步,当时,盛开的木犀花正在开放,香味满山。

晦堂问:"你闻到香味了吗?"

"是,我闻到了!"黄山谷说。

"我像这木犀花香一样,没有隐瞒你呀!"禅师说。

黄山谷听了,像突然打开心眼一样开悟了。

是的,这世界从来没有隐藏过我们,我们的耳朵听见河流的声音，我们的眼睛看到一朵花开放，我们的鼻子闻到花香，我们的舌头可以品茶，我们的皮肤可以感受阳光……在每一寸的时光中都有欢喜，在每个地方都有禅悦。

我曾在一个开满凤凰花的城市住了三年，今天看到一棵凤凰花开，好像唱着歌一样，使我的眼耳鼻舌身意都洋溢着少年时代的欢喜。

院　子

农村里的秋天来得晚，但真正的秋天来的时候是很写意的。

首先感觉到的是终于有黄昏的晚霞了，当河边的微风吹过，我们背着沉重的书包回家，站在家前院子往远山看去，太阳正好把半天染红；那云红得就像枫叶，仿佛一片一片就要落下来了。于是，我常常站在院子里就呆住了，一直到天边泼墨才惊醒过来。

然后，悬丝飘浮的、带着清冷的秋灯、只照射自己的路的萤火虫，不知道是从河的对岸还是树林深处来了，数目多得超乎想象，千盏万盏掠过院子，穿过弄堂，在草丛尖浮荡。有人说萤火虫是点灯来找它前世的情缘，所以灯盏才会那么地凄清闪烁，动人肝肺。

最后,是大人们扇着扇子,坐在竹椅上清喉咙:"古早、古早、古早……"说着他们的父亲、祖父一直传说不断的忠孝节义的故事,听着这些故事,使我觉得秋天真是温柔,温柔中流着情义的血。我们听故事的那个院子,听说还是曾祖父用石块亲手铺成的。

秋天枫红的云,凄凉的萤火,用传说铺成的院子,如今还在闪烁,可惜现在不是秋天,也找不到那个院子了。

有　　情

"花,到底是怎么样开起的呢?"有一天,孩子突然问我。

我被这突来的问题问住了,我说:"是春天的关系吧。"

对我的答案,孩子并不满意,他说:"可是,有的花是在夏天开,有的是在冬天开呀!"

我说:"那么,你觉得花是怎样开起的呢?"

"花自己要开,就开了嘛!"孩子天真地笑着,"因为它的花苞太大,撑破了呀!"

说完孩子就跑走了,是呀!对于一朵花和对于宇宙一样,我们都充满了问号,因为我们不知它的力量与秩序明确地来自何处。

花的开放，是它自己的力量在因缘里的自然展现，它蓄积自己的力量，使自己饱满，然后爆破，有如阳光在清晨穿破了乌云。

花开是一种有情，是一种内在生命的完成，这是多么亲切呀！使我想起，我们也应该蓄积、饱满、开放，永远追求自我的完成。

炉　香

有一天，一位老太太问赵州从谂禅师："怎样去极乐世界呢？"

赵州说："大家都去极乐世界吧！我只愿永远留在苦海。"

我读到这里，心弦震动，久久不能自已，一个已经开悟的禅师，他不追求极乐，而希望自己留在与众生相同的地方，在苦海中生活，这是真实的伟大的慈悲。就好像在莲花池边，大家都赶来看莲花，脚步杂乱，纸屑满地，而他只愿留下来打扫莲花池。

抬起头来，我看见案前的檀香炉，香烟袅袅，飘去不可知的远方，香气在室内盘绕不息。这烟气是不是也飘往极乐世界呢？可是如果没有香炉的承受，接受火炼，檀香的烟气也不可能飞到远方。

赵州正是要做那一个大香炉，用自己的燃烧之苦来点燃众生虔诚的极乐之向往。

我也愿做烧香的铜炉，而不要只做一缕香。

天　　空

我和一位朋友去参观一处颇有年代的古迹，我们走进一座亭子，坐下来休息，才发现亭子屋顶上刻着许多繁复、细致、色彩艳丽的雕刻，是人称"藻井"的那种东西。

朋友说："古人为什么要把屋顶刻成这么复杂的样子？"

我说："是为了美感吧！"

朋友说不是这样的，因为人哪有那样多的时间整天抬头看屋顶呢！

"那么，是为了什么？"我感到疑惑。

"有钱人看见的天空是这个样子的呀！缤纷七彩、金银斑斓，与他们的珠宝箱一样。"这是我第一次听见的说法，眼中禁不住流出了问号，朋友补充说："至少，他们希望家里的天空是这样子，人的脑子塞满钱财，就会觉得天空不应该只是蓝色，只有一种蓝色的天空，多无聊呀！"

朋友似笑非笑地看着藻井，又看着亭外的天空。

我也笑了。

当我们走出有藻井的凉亭时，感觉单纯的蓝天，是多么美！多么有气派！

水因有月方知静，天为无云始觉高。我突然想起这两句诗。

如　　水

曾经协助丰臣秀吉统一全日本的大将军黑田孝高，擅于用水作战，曾用水攻陷了久攻不下的高松城，因此在日本历史上有"如水"的别号，他曾写过"水五则"：

一、自己活动，并能推动别人的，是水。

二、经常探求自己的方向的，是水。

三、遇到障碍物时，能发挥百倍力量的，是水。

四、以自己的清洁洗净他人的污浊，有容清纳浊的宽大度量的，是水。

五、汪洋大海，能蒸发为云，变成雨、雪，或化而为雾，又或凝结成一面如晶莹明镜的冰，不论其变化如何，仍不失其本性的，也是水。

这"水五则",也就是"水的五德",是值得参究的,我们每天要用很多的水,有没有想过水是什么?要怎样来做水的学习呢?

要学习水,我们要做能推动别人的、常探求自己方向的、以百倍力量通过障碍的、有容清纳浊度量的、永不失本性的人。

要学习水,先要如水一样清净、无碍才行。

茶　　味

我时常一个人坐着喝茶,同一泡茶,第一泡苦涩,第二泡甘香,第三泡浓沉,第四泡清冽,第五泡清淡,再好的茶,过了第五泡就失去味道了。

这泡茶的过程时常令我想起人生,青涩的年少,香醇的青春,沉重的中年,回香的壮年,以及愈走愈淡,逐渐失去人生之味的老年。

我也时常与人对饮,最好的对饮是什么话都不说,只是轻轻地品茶;次好的是三言两语;再次好的是五言八句,说着生活的近事;末好的是九嘴十舌,言不及义;最坏的是乱说一通,道别人的是非。

与人对饮时常令我想起,生命的境界确乎是超越言句的,在有情的心灵中不需要说话,也可以互相印证。喝茶中有水深波静、流水喧喧、花红柳绿、众鸟喧哗、车水马龙种种境界。

　　我最喜欢的喝茶,是在寒风冷肃的冬季,夜深到众音沉默之际,独自在清静中品茗,杯小茶浓,一饮而净,两手握着已空的杯子,还感觉到茶在杯中的热度,热,迅速地传到心底。

　　犹如人生苍凉历尽之后,中夜观心,看见,并且感觉,少年时沸腾的热血,仍在心口。

辑三 温一壶月光下酒

卷　帘

有一次我买回一卷印刷的《长江万里图》长卷,它小得不能再小,比一枝狼毫小楷还短,比一碇漱金好墨还细,可以用一只手盈握,甚至把它放在牛仔裤的口袋里,走着也感觉不到它的重量。

中夜时分,我把那小小的图卷打开,一条万里的长江倾泄而出,往东浩浩流去,仿佛没有尽头。里面有江水、有人家、有花树、有亭台楼阁,全是那样浩大,人走在其中,还比不上长江水里一粒小小的泡沫。

那长江,在图面里是细小精致的,但在想象中却巨大无比。那长江,流过了多少世代、多少里程,流过多少旅人的欢欣与哀愁呢?想着长江的时候,我的心情不一定要拥有长江,也不要真的穿过三峡与赤壁,只要那样小而精致的一卷图册来包容心情,也就够了。

读倦的时候,把《长江万里图》双手卷起,放在书桌上的笔筒里,长江的美就好像全收在竹做的笔筒里;即使我的心情还在前一刻的长江里奔流,也不免想到长江只是一握,乡愁,有时也是那样一握,情爱与生命的过往也是如此。它摊开来无边无际,卷起时盈盈一握,再复杂的心情,刹那间凝结成一粒透明的金刚钻,四面放光。

那种感觉真是美,好像是钓鱼的人意不在鱼,而在万顷波涛,唐朝的船子和尚《颂钓者》诗写过这种心情:

千尺丝纶直下垂,一波才动万波随;
夜静水寒鱼不食,满船空载月明归。

钓鱼的人意不在鱼,看图的人神不限于图,独坐的人趣不拘于独坐,正足以一波动万波,达到更高的境界。

同样的,读屈原《离骚》,清朝诗人吴藻读出"一卷离骚一卷经,十年心事十年灯";同样看杨絮,王国维看出"人生只似风前絮,欢也零星,悲也零星,都作连江点点萍";同样诵水仙花,黄庭坚诵出"坐对真成被花恼,出门一笑大江横";同样是夜眠有梦,欧阳修梦到"夜凉吹笛千山月,路暗迷人千种花;棋罢不知人换世,酒阑无奈客思家"……同样是面对小小的景物,人却往往能超想于物外,不为景物所限。

这种卷帘望窗的心情几乎是无以形容的,是"平芜尽处是春山,行人更在春山外"、是"佳句奚囊盛不住,满山风雨送人看"。秦观的几句词说得最好:"无端天与娉婷,夜月一帘幽梦,春风十里柔情。"

帘与窗是不同的,正如卷起来的图画与装了画框的画不同。因为帘不管是卷起或放下,它总与外界的想象世界互通着呼吸,有时在黑夜不能视物,还能感受到微风轻轻的肤触,夜之凉意也透过帘的空隙在周边围绕。因为卷起来的画不像画框一览无遗,它里面有惊喜与感叹,打开的时候,想象可以驰骋,卷收的时候,仿佛拥有了无限的空间在自己掌中。

我从小就特别能知觉那种卷藏的魅力,每看到长辈收藏中国书画,总是希望能探知究竟。每天最喜欢的时刻,就是清晨母亲来把我们窗口的帘子卷起,阳光就像约定好的,在刹那间扑满整个房间,即使我们的屋子非常简陋,那一刻都能感觉到充分的光明与温暖。

父亲有一幅达摩一苇渡江的图画，画上没有署名，只是普通民间艺匠的作品，却也能感觉到江面在无限延伸。那达摩须发飞扬地站在一株细瘦几不可辨的苇草上，江水滔滔，达摩不动如山，两只巨眼凝视着东方湛然的海天，他的衣袂飘然若一片水叶，他的身姿又稳然如一尊大山。

父亲极宝爱那幅画，平时挂在佛堂的右侧，佛堂是庄严神圣之地，我们只能远远看着达摩，不敢乱动。我十六岁时，我们搬家，父亲把达摩卷成一卷，交我带到新家。

把达摩画像夹在腋下在田埂上走的时候，我好像可以在肌肤上感觉达摩的须发与巨眼以及滚动的江水，顿时心中涌上一片温热，仿佛那田埂是一苇，两边随风舞动的稻子是江浪渺渺，整个人都飘飘然起来。

当时的达摩不再是佛堂里神圣不可冒犯的了，而是和凡人一样，有脉搏的跳动，令我感动不已。听说达摩祖师的东来之意，是要寻找一个"不受人惑"的人。"不受人惑"的理想标杆原像一苇那么细弱，但把达摩收卷在腋下时，我觉得再细弱的苇草也可以度人走过流波，"不受人惑"也就变得坚强，是凡人可以触及的。

我把达摩挂在新家的佛堂时，画幅由上往下开展，江水倾泄，达摩的巨眼在摊开的墙壁上有如电光激射,是我以前所不能感受到的。如今一收一放,感觉之不同竟有至于斯,达到不可想象的境界。

在我们故乡附近,有一座客家村,村里千百年来,流传着一项风俗,就是新婚夫妻的新房门前,一定要挂一幅细竹编成的竹门帘;站在远处看三合院,如果其中有竹门帘,真像是挂在客厅里的中堂;它不像一般门帘是两边对分,而是上下卷起,富有古趣,想是客家的古制之一。

送给新婚夫妻的门帘上,有时绘着两株花朵,鲜艳欲滴地纠缠在一起;有时绘着一双龙凤,腾空飞翔,互相温柔地对看;最普遍的是绘两只鸳鸯,悠然的、不知前方风雨的,从荷塘上相依飘过。

客家竹门帘的风俗,不知因何而起,不知传世多久,但它总给我一种遗世之美。每当我们送进一对新人、放下门帘的时候,两只彩色斑斓的鸳鸯活了起来,在荷塘微风的扬动中,游过来,又追逐过去。纵令天色已暗,它们也无视外面忽明忽灭的星光。

新婚时的竹门帘,让人想到情感再折磨也有永世的期待。

后来我常爱到客家村,有时不为什么,只为了在微风初起的黄昏去散步时,看看每家的竹门帘。偶尔看到人家门口多添了一张新门帘，就知道有一对新夫妻，正为未来的幸福作新的笺注和眉批。但是大部分人家的竹门帘，都在岁月的涤洗中褪色了，有的甚至破烂不堪，卷起时零零落落，像随时要支离。仔细地看，纠缠的花折断了，龙凤分飞了，鸳鸯有的折伴，有的失侣，有的苍然浑噩，不能辨视旧日的模样。

原来，大部分夫妻婚后就一直挂着新婚的门帘，数十年不曾更换，时间一久，竟是失了形状、褪了色泽。我触摸着一只断足的鸳鸯，心中感怀无限：不知道那些老夫妇掀开门帘，走进他们不再鲜丽的门帘时，是一种什么心情。我知道的是，人世的情爱，少有能永远如新地穿过岁月的河流，往往是岁月走过，情爱也在其中流远，远到不能记忆青衫，远到静海无波。而情爱与岁月共同前行的步迹，正在竹门帘上显现出来。

有时候朋友结婚，我也会找一卷颜色最鲜、形式最缠绵的竹门帘送他们，并且告以这是客家旧俗中最美的一种传统，然后看见两朵粲然的微笑，自他们的容颜升起。然而走在回家的路上，我却不敢想起客家村落常见的景象。那剥落的景象正如无星的黑夜，看不见一点光。

我知道情感可以如斯卷起，但门帘即使如新也无以保存过去的感情，只好把它卷在心中最深沉的角落。卷得起长江万里图，心中挂着长江；卷得起一苇渡江，但江面辽阔，遥不可渡。

卷着的帘、卷着的画，全是谜一般的美丽。每一次展开，总有庄穆之心，不知其中是缠绵细致的情感，或是壮怀慷慨的豪情；也不知里面是江南的水势、江北的风寒，或是更远的关外的万里狂沙。唯一肯定的是，不管卷藏的内容是什么，总会或多或少触动心灵的玄机。

诗人韦庄有一阕常被遗忘的好词，正是写这种玄机被触动的心情：

> 春雨足
> 染就一溪新绿
> 柳外飞来双羽玉
> 弄晴相对浴
>
> 楼外翠帘高轴
> 倚遍阑干几曲
> 云淡水平烟树簇
> 寸心千里目

前半段写的是一双白羽毛的鸟在新绿的溪中相对而浴,是鸳鸯竹帘的心情;后半段写的是翠帘高卷的阑干上目见的美景,寸心飞越千里,是《长江万里图》的家国心情。读韦庄此词,念及他壮年经黄巢之祸的乱离,三十年家国和千百里河山在一念之间,跌宕汹涌而出。而且我们不要忘记,他卷起的楼外,不只是一幅幅的图画,也是一层层的心情——有时多感不一定要落泪,光看一张帘卷西风的图象,就能使人锥心。

我有一幅水印的王维《山阴图卷》,买来的时候久久不忍打开,一夜饮中微醉,缓缓展开那幅画。先看到左方从山石划出来的一苇小舟,坐着一位清须飘飘的老者泛舟垂钓,然后是远处小洲上几株迎风的小树,近景是一棵大树悠然垂落藤蔓。画的右边是三个人,两位老者促膝长谈,一位青年独对江水,两眼平视远方……最右侧是几株乱树,图卷在乱树中戛然而止。

泛舟老叟钓到鱼了没有?我不知道。

两位老者在谈些什么?我也不知道。

那位青年面对江水究竟在独思什么?我更全然不知。

《山阴图卷》本来是一幅淡远幽雅的古画,是我们壮怀的盛唐里生活平静的写照。可是由于我的全然不知,读那幅画时竟有些难以排遣的幽苦,幻化在那江边。我正是那独坐的青年,一坐就坐到盛唐的图画里去。等酒醒后，才发现盛唐以及其后的诸种岁月已流到乱树的背后，不可捉摸了。

我想过，如果那幅画是平裱在玻璃框里，我绝对不会有那时的心情，因为那青年的图像，在画里构图的地位非常之小，小到难以一眼望见；只有图卷慢慢张开的时候，才能集中精神，坐进一个难以测知的想象世界。

有一年，是在风雨的夜里吧！我在鼻头角①的海边看海潮，被海上突来的寒雨所困，就机缘地夜宿灯塔。灯塔最是平凡的海边景致，最多只能赢得过路人一声美的赞叹。

夜宿的心情却不同。头上的强光一束，亮然射出，穿透雨网，明澈慑人。塔的顶端，窗门竟有竹帘，我细心地卷了帘，看到天风海雨围绕周边，海浪激射一起一落，在夜雨的空茫里，渔火点点，有的面着强光驶进港内，有的依着光飘向渺不可知的远方。

那竹帘是质朴的原色，历经不知多少岁月，仍坚固如昔。竹帘不比灯塔，能指引海上飘泊的人，但它能让人的想象不可遏止，更胜过灯塔。

我知道那是台湾的最北角，最北最北的一张竹帘。那么，仿

---

① 台湾岛东北海岸。

佛一卷帘，就能望见北方的家乡。

家乡远在千山外，用帘、用画都可以卷，可以盈握，可以置于怀袖之中。卷起来是寸心，摊开来是千里目，寸心与千里，有一角明亮的交叠，不论走到哪里，都是浮天沧海远，万里眼中明。

在鼻头角卷帘看海那一夜，我甚至看见有四句诗从海面上浮起，并听到它随海浪冲打着岩岸，那四句诗是于右任的《壬子元日》：

> 不信青春唤不回
> 不容青史尽成灰
> 低佪海上成功宴
> 万里江山酒一杯

清　欢

少年时代读到苏轼的一阕词,非常喜欢,到现在还能背诵:

细雨斜风作小寒,
淡烟疏柳媚晴滩,
入淮清洛渐漫漫。
雪沫乳花浮午盏,
蓼茸蒿笋试春盘,
人间有味是清欢。

这阕词,苏轼在旁边写着"元丰七年十二月二十四日,从泗州刘倩叔游南山",原来是苏轼和朋友到郊外去玩,在南山里喝了浮着雪沫乳花的小酒，配着春日山野里的蓼菜、茼蒿、新笋，以及野草的嫩芽等等，然后自己赞叹着："人间有味是清欢！"

当时所以能深记这阕词，最主要的是爱极了后面这一句，因为试吃野菜的这种平凡的清欢，才使人间更有滋味。"清欢"是什么呢？清欢几乎是难以翻译的，可以说是"清淡的欢愉"，这种清淡的欢愉不是来自别处，正是来自对平静疏淡简朴生活的一种热爱。当一个人可以品味出野菜的清香胜过了山珍海味，或者一个人在路边的石头里看出了比钻石更引人的滋味，或者一个人听林间鸟鸣的声音感受到比提笼遛鸟更感动，或者体会了静静品一壶乌龙茶比起在喧闹的晚宴中更能清洗心灵……这些就是"清欢"。

清欢之所以好，是因为它对生活的无求，是它不讲求物质的条件，只讲究心灵的品味。"清欢"的境界很高，它不同于李白的"人生在世不称意，明朝散发弄扁舟"那样的自我放逐；或者"人生得意须尽欢，莫使金樽空对月"那种尽情的欢乐。它也不同于杜甫的"人生有情泪沾臆，江水江花岂终极"这样悲痛的心事，或者"人生不相见，动如参与商；今夕复何夕，共此灯烛光"那种无奈的感叹。

活在这个世界上，有千百种人生，文天祥是"人生自古谁无死，留取丹心照汗青"，我们很容易体会到他的壮怀激烈。欧阳修是"人生自是有情痴，此恨不关风与月"，我们很能体会到他的绵绵情恨。纳兰性德是"人到情多情转薄，而今真个不多情"，我们也不难会意到他无奈的哀伤。甚至于像王国维的"人生只似风前絮，欢也零星，悲也零星，都作连江点点萍！"那种对人生无常所发出的刻骨的感触，也依然能够知悉。

可是"清欢"就难了！

尤其是生活在现代的人，差不多是没有清欢的。

什么样是清欢呢？我们想在路边好好地散个步，可是人声车声不断地呼吼而过，一天里，几乎没有纯然安静的一刻。

我们到馆子里，想要吃一些清淡的小菜，几乎是杳不可得，过多的油、过多的酱、过多的盐和味精已经成为中国菜最大的特色，有时害怕了那样的油腻，特别嘱咐厨子白煮一个菜，菜端出来时让人吓一跳，因为菜上挤的色拉酱比菜还多。

有时没有什么事，心情上只适合和朋友去啜一盅茶、饮一杯咖啡，可惜的是，心情也有了，朋友也有了，就是找不到地方，有茶有咖啡的地方总是嘈杂的。

俗世里没有清欢了，那么到山里去吧！到海边去吧！但是，山边和海湄也不纯净了，凡是人的足迹可以到的地方，就有了垃圾，就有了臭秽，就有了吵闹！

有几个地方我以前常去的,像阳明山的白云山庄,叫一壶兰花茶,俯望着台北盆地里堆叠着的高楼与人欲,自己饮着茶,可以品到茶中有清欢。北投和阳明山间的山路边有一个小湖,湖畔有小贩卖功夫茶,小小的茶几、藤制的躺椅,独自开车去,走过石板的小路,叫一壶茶,在躺椅上静静地靠着,有时湖中的荷花开了,真是惊艳一山的沉默。有一次和朋友去,在躺椅上静静喝茶,一下午竟说不到几句话,那时我想,这大概是"人间有味是清欢"了。

现在这两个地方也不能去了,去了只有伤心。湖里的不是荷花了,是飘荡着的汽水罐子,池畔也无法静静躺着,因为人比草多,石板也被踏损了。到假日的时候,走路都很难不和别人推挤,更别说坐下来喝口茶。如果运气更坏,会遇到呼啸而过的飞车党,还有带伴唱机来跳舞的青年,那时所有的感官全部电路走火,不要说清欢,连浊欢也不剩了。

要找清欢一日比一日更困难了。

当学生的时候,有一位朋友住在中和圆通寺的山下,我常常坐着颠踬的公车去找她,两个人沿着上山的石阶,漫无速度的,走走、坐坐、停停、看看,那时圆通寺山道石阶的两旁,杂乱地长着朱槿花,我们一路走,顺手掐下一朵熟透的朱槿花,吸着花朵底部的花露,其甜如蜜,而清香胜蜜,轻轻地含着一朵花的滋味,心里遂有一种只有春天才会有的欢愉。

圆通寺是一座全由坚固的石头砌成的寺院，那些黑而坚强的石头坐在山里，仿佛一座不朽的城堡，绿树掩映，清风徐徐，站在用石板铺成的前院里，看着正在生长的小市镇，那时的寺院是澄明而安静的，让人感觉走了那样高的山路，能在那平台上看着远方，就是人生里的清欢了。

后来，朋友嫁人，到海外去了。我去过一趟圆通寺，山道已经开辟出来，车子可以环山而上，小山路已经很少人走，寺院的门口摆着满满的摊贩，有一摊是儿童乘坐的机器马，叽哩咕噜的童歌震撼半山；有两摊是打香肠的摊子，烤烘香肠的白烟正往那古寺的大佛飘去，有一位母亲因为不准孩子吃香肠而揍打着两个孩子，激烈的哭声尖亢而急促……我连圆通寺的寺门都没有进去，就沉默地转身离开，山还是原来的山，寺还是原来的寺，为什么感觉完全不同了，失去了什么吗？失去的正是清欢。

下山时的心情是不堪的，想到星散的朋友，心情也不是悲伤，只是惆怅，浮起的是一阕词和一首诗，词是李煜的："高楼谁与上？长记秋晴望。往事已成空，还如一梦中！"诗是李觏的："人言落日是天涯，望极天涯不见家；已恨碧山相阻隔，碧山还被暮云遮！"那时正是黄昏，在都市烟尘蒙蔽了的落日中，真的看到了一种悲剧似的橙色。

我二十岁心情沮丧的时候，跑到青年公园对面的骑马场去骑马，那些马虽然因驯服而动作缓慢，却都年轻高大，有着光滑的毛色。双腿用力一夹，它也会如箭一般呼噜向前窜去，急忙的风声就从两耳掠过。我最记得的是马跑的时候迅速移动着的草的青色，青茸茸的，仿佛饱含生命的汁液，跑了几圈下来，一切恶的心情也就在风中、在绿草里、在马的呼啸中消散了。

尤其是冬日的早晨，勒着缰绳，马就立在当地，踢踏着长腿，鼻孔中冒着一缕缕的白气，那些气可以久久不散，当马的气息在空气中消弥的时候，人也好像得到某些舒放了。

骑完马，到青年公园去散步，走到成行的树荫下，冷而强悍的空气在林间流荡，可以放纵地、深深地呼吸，品味着空气里所含的元素，那元素不是别的，正是清欢。

最近有一天，突然想到骑马，已经有十几年没骑了。到青年公园的骑马场时差一点吓昏，原本偌大的马场已经没有一根草了，一根草也没有的马场大概只有台湾才有，马跑起来的时候，灰尘滚滚，弥漫在空气里的尽是令人窒息的黄土，蒙蔽了人的眼睛。马也老了，毛色斑剥而失去光泽。

最可怕的是，不知道什么时候在马场搭了一个塑胶棚子，铺了水泥地，奇丑无比，里面则摆满了机器的小马，让人骑用，其吵无比。为什么为了些微的小利，而牺牲了这个马场呢？

马会老，是我知道的事，人会转变，是我知道的事，而在有真马的地方放机器马，在马跑的地方没有一株草，则是我不能理解的事。

就在马场对面的青年公园，已经不能说是公园了，人比西门町还拥挤吵闹，空气比咖啡馆还坏，树也萎了，草也黄了，阳光也不灿烂了。从公园穿越过去，想到少年时代的这个公园，心痛如绞，别说清欢了，简直像极了佛经所说的"五浊恶世"！

生在这个时代，为何"清欢"如此难觅？眼要清欢，找不到青山绿水；耳要清欢，找不到宁静和谐；鼻要清欢，找不到干净空气；舌要清欢，找不到蓼茸蒿笋；身要清欢，找不到清凉净土；意要清欢，找不到智慧明心。如果要享受清欢，唯一的方法是守在自己小小的天地，洗涤自己的心灵，因为在我们拥有得愈多的物质世界，我们的清淡的欢愉就日渐失去了。

现代人的欢乐，是到油烟爆起、卫生堪虑的啤酒屋去吃炒蟋蟀；是到黑天暗地、不见天日的卡拉ＯＫ去乱唱一气；是到乡村野店、胡乱搭成的土鸡山庄去豪饮一番；以及到狭小的房间里做方城之戏，永远重复着摸牌的一个动作……以为这些放逸的生活是欢乐，想起来毋宁是可悲的。为什么现代人不能过清欢的生活，反而以浊为欢、以清为苦呢？

一个人以浊为欢的时候，就很难体会到生命清明的滋味，而在欢乐已尽、浊心再起的时候，人间就愈来愈无味了。

这使我想起东坡的另一首诗来：

> 梨花淡白柳深青，柳絮飞时花满城；
> 惆怅东南一枝雪，人生看得几清明？

苏轼凭着东栏看着栏杆外的梨花，满城都飞着柳絮时，梨花也开了遍地，东栏的那株梨花却从深青的柳树间伸了出来，仿佛雪一样的清丽，有一种惆怅之美，但是，人生看这么清明可喜的梨花能有几回呢？这正是千古风流人物的性情，这正是清朝大画家盛大士在《溪山卧游录》中说的："凡人多熟一分世故，即多一分机智。多一分机智，即少却一分高雅。""山中何所有？岭上多白云，只可自怡悦，不堪持赠君，自是第一流人物。"

第一流人物是什么人物？

第一流人物是在清欢里也能体会人间有味的人物！

第一流人物是在污浊滔滔的人间也能找到清欢的人物！

正 向 时 刻

狗 的 享 受

路过家附近的一家银行,发现门口或坐、或趴着五条狗。这五条狗原来是在市场附近的野狗,我认识的,它们本来各据一处,怎么会同时一起坐在银行前面呢?银行对狗的价值应该还不如路边的面摊,为什么狗不去蹲面摊而要来蹲银行呢?我感到十分好奇。

更使我好奇的是,这五条狗的脸上都流露出非常满足的神情。于是我站在那里研究狗为什么这么满足?为什么整条街都不去,偏偏聚在银行的门口?

十分钟以后,我找到答案了,因为银行的冷气开得很强,又是自动门,进出者众,每每有人出入,里面的冷气就会一阵阵倾泄而出，那些狗是聚在银行门口享受冷气呢！

七月、中午、在台北，有冷气真享受，连狗也知道。

台 北 秘 笈

去信义路、基隆路口新开的诚品书店看书，无意间发现一张"台北书店地图"。

地图以浅咖啡色作底，仿佛一页撕下的线装书页，非常淡雅，一张一百元。

看到这张地图真是开心极了，台北有这么多的书店，台北还是很可爱的。

想到不久前在欧克斯家具店找到的"台北东区市街图"，或者可以出版一本书，书里全是分门别类的地图，例如"咖啡店地图"、"画廊地图"、"名牌服饰地图"、"茶艺馆地图"、"花店地图"、"古董店地图"、"餐厅地图"等等。

对了，或者可以有一张"特殊商店地图"，例如后火车站有一家很大的"线庄"，历史悠久，只卖各色针线的。基隆路有一家"大蒜专卖店"，只卖各种大蒜的制品。统领百货巷内有一家只卖天然茶的店，好像叫"小熊森林"。松山有一家只卖普洱茶叶的"普洱茶专卖店"……

这些地图可以让我们看出台北的好。

是不是邀请许多艺术家，每一位为台北绘一张这样的地图？让初到台北的人也能知道，台北有许多特色，是不逊于欧洲的。

这样一本地图，书名可以叫作"台北秘笈"，副题是"专供初到台北的武林人物在午后秘密演练"，呀！想了就很开心。

坐火车的莲花

逛完书店，散步回家，惊见家门口有一株玫瑰，四朵宝蓝色莲花，靠在门上，站立着。

花里夹着一张便条。

原来是一位住在中坜的朋友，他从中坜火车站搭车要到基隆去看女朋友，看到花店，想买一朵玫瑰花送给女朋友。进了花店，看到四朵宝蓝色莲花联想到我，觉得顺路到松山，把莲花送我，再到基隆，送玫瑰给女友，行程就很完美了。

他在松山下车，步行到我家，原本要放了花就走，但大厦管理员对他说："林先生有黄昏散步的习惯，又穿拖鞋短裤，很快会回来了。"结果我去逛书店，他在门口枯等许久，一直到天黑才离去。

至于那朵要送女朋友的玫瑰,算算去基隆时间太晚了,"附赠女友玫瑰一朵",人就回中坜去了。

朋友留下的那封短笺,里面有格言似的留话:"在这个世间,只要不会伤害别人的事,想做什么,就立刻去做吧。"

我把莲花和玫瑰插在花瓶,心想,有些朋友真像花园中的花突然乍放,时常令人惊喜,下次也要想个什么方法,让他惊喜一下,或者两三下。

条 纹 玛 瑙

暑假到了,海外的朋友纷纷回来过暑假。

一个朋友从美国马里兰回来,特地来看我,送一个沉重的东西给我,说:"送你一块石头,不成敬意。"

打开,是一块条纹玛瑙,大如垒球,有一公斤重,上半部纯红,下半部红、黄、白、绿,条条相间,真的是美极了。

"真是谢谢你!"我诚挚地说,企图掩藏心里的狂喜,由于朋友是腼腆的人,我担心没有掩饰的惊喜会吓到他,所以就淡化了内心的欢喜。

朋友走了，我在书房里抱着那块条纹玛瑙，高呼万岁，不是为了它的昂贵，而是为了它的美，还有超越时空的友谊。

埔 里 荔 枝

在埔里等候"国光号"的车北上，尚有二十分钟，在车站附近逛逛。

看到一家水果行，想到埔里的特产是荔枝和甘蔗，买了一株甘蔗、十斤荔枝，真不敢相信甘蔗和荔枝都是一斤二十五元，几天前在台北买荔枝，一斤六十元。

"国光号"上，先吃了荔枝，是籽细肉肥的品种，鲜美极了。

然后吃甘蔗，脆嫩清甜，名不虚传，果然是埔里甘蔗。

回到台北，齿颊仍留着香气，四小时的车程，仿佛只是刹那。

处处莲花开

生命里有许多正向时刻，也有许多负向时刻，一个人快乐的秘诀，便是抓住那正向的时刻，使它更充盈；转化负向的时刻，使它得到清洗。

有人对我们深深地微笑；乡间道上的油麻菜开花了；炎热的夏天午后突来阵雨和凉风；一只凤蝶突然飞过窗边；在公园里偶然看见远天的彩虹；读一本好书、听了一段动听的音乐……

每天，有一些些正向的时光，便有好心情走向明天；时时有正向的时刻，生命便无限美好，日日是好日，处处莲花开。

温一壶月光下酒

逃　情

幼年时在老家西厢房,姐姐为我讲东坡词,有一回讲到《定风波》中"一蓑烟雨任平生"这个句子时让我吃了一惊,仿佛见到一个竹杖芒鞋的老人在江湖道上踽踽独行,身前身后都是烟雨弥漫,一条长路连到远天去。

"他为什么?"我问。

"他什么都不要了。"姐姐说,"所以到后来有'回首向来萧瑟处,归去,也无风雨也无晴'之句。"

"这样未免太寂寞了,他应该带一壶酒、一份爱、一腔热血。"

"在烟中腾云过了,在雨里行走过了,什么都过了,还能如何?

所谓'来往烟波非定居,生涯蓑笠外无余',生命的事一经过了,再热烈也是平常。"

年纪稍长,才知道"竹杖芒鞋轻胜马,谁怕?一蓑烟雨任平生"的境界并不容易达致,因为生命中真是有不少不可逃不可抛的东西,名利倒还在其次;至少像一壶酒、一份爱、一腔热血都是不易逃的,尤其是情爱。

记得日本小说家武者小路实笃曾写过一个故事,传说有一个久米仙人,在尘世里颇为情苦,为了逃情,入山苦修成道,一天腾云游经某地,看见一个浣纱女足胫甚白,久米仙人为之目眩神驰,凡念顿生,飘忽之间,已经自云头跌下。可见逃情并不是苦修就可以得到。

我觉得"逃情"必须是一时兴到,妙手偶得,如写诗一样,也和酒趣一样,狂吟浪醉之际,诗涌如浆,此时大可以用烈酒热冷梦,一时彻悟。倘若苦苦修炼,可能达到"好梦才成又断,春寒似有还无"的境界,离逃情尚远,因此一见到"乱头粗服,不掩国色"的浣纱女,就坠落云头了。

前年冬天,我遭到情感的大创巨痛,曾避居花莲逃情,繁星冷月之际,与和尚们谈起尘世的情爱之苦,谈到凄凉处,连和尚都泪不能禁。如果有人问我:"世间情是何物?"我会答曰:"不可逃之物。"连冰冷的石头相碰都会撞出火来,每个石头中事实上都有火种,可见再冰冷的事物也有感性的质地,情何以逃呢?

情仿佛是一个大盆,再善游的鱼也不能游出盆中,人纵使能相忘于江湖,但情是比江湖更大的。

我想,逃情最有效的方法可能是更勇敢地去爱,因为情可以病,也可以治病;假如看遍了天下足胫,浣纱女再国色天香也无可如何了。情者是堂堂巍巍,壁立千仞,从低处看是仰不见顶,自高处观是俯不见底,令人不寒而栗,但是如果在千仞上多走几遭,就没有那么可怖了。

理学家程明道曾与弟弟程伊川共同赴友人宴席,席间友人召妓共饮,伊川正襟危坐,目不斜视,明道则毫不在乎,照吃照饮。宴后,伊川责明道不恭谨,明道先生答曰:"目中有妓,心中无妓!"这是何等洒脱的胸襟,正是"云月相同,溪山各异",是凡人所不能致的境界。

说到逃情,不只是逃人世的情爱,有时候心中有挂也是情牵。有一回,暖香吹月时节与友在碧潭共醉,醉后扶上木兰舟,欲纵舟大饮,朋友说:"也要楚天阔,也要大江流,也要望不见前后,才能对月再下酒。"死拒不饮,这就是心中有挂,即使挂的是楚天大江,终不能无虑,不能万情皆忘。

以前读《词苑丛谈》,其中有一段故事:

后周末,汴京有一石氏开茶坊,有一个乞丐来索饮,石氏的幼女敬而与之,如是者达一个月,有一天被父亲发现了打她一顿,她非但不退缩,反而供奉益谨。乞丐对女孩说:"你愿喝我的残茶吗?"女嫌之,乞丐把茶倒一部分在地上,满室生异香,女孩于是喝掉剩下的残茶,一喝便觉神清体健。

乞丐对女孩说:"我就是吕仙,你虽然没有缘份喝尽我的残茶,但我还是让你求一个愿望。"女只求长寿,吕仙留下几句话:"子午当餐日月精,元关门户启还扃,长似此,过平生,且把阴阳仔细烹。"遂飘然而去。

这个故事让我体察到万情皆忘,"且把阴阳仔细烹"实在是神仙的境界,石姓少女已是人间罕有,还是忘不了长寿,忘不了嫌恶,最后仍然落空,可见情不但不可逃,也不可求。

年岁越长,越觉得苏东坡"一蓑烟雨任平生"、"也无风雨也无晴"词意之不可得,想东坡也有"春色三分,二分尘土,一分流水。细看不是杨花,点点是离人泪"的情思;有"但愿人长久,千里共婵娟"的情愿;有"念故人老大,风流未减,空回首,烟波里"的情怨;也有"若待得君来向此,花前对酒不忍触。共粉泪,两簌簌"的情冷,可见"一蓑烟雨任平生"只是他的向往。

情何以可逃呢?

煮　　雪

传说在北极的人因为天寒地冻,一开口说话就结成冰雪,对方听不见,只好回家慢慢地烤来听……

这是个极度浪漫的传说,想是多情的南方人编出来的。

可是,我们假设说话结冰真有其事,也是颇有困难,试想:回家烤雪煮雪的时候要用什么火呢?因为人的言谈是有情绪的,煮得太慢或太快,都不足以表达说话时的情绪。

如果我生在北极,可能要为煮的问题烦恼半天,与性急的人交谈,回家要用大火煮烤;与性温的人交谈,回家要用文火。倘若与人吵架呢?回家一定要生个烈火,才能声闻当时哔哔剥剥的火爆声。

遇到谈情说爱的时候,回家就要仔细酿造当时的气氛,先用情诗情词裁冰,把它切成细细的碎片,加上一点酒来煮,那么,煮出来的话便能使人微醉。倘若情浓，则不可以用炉火，要用烛火再加一杯咖啡，才不会醉得太厉害，还能维持一丝清醒。

遇到不喜欢的人不喜欢的话就好办了，把结成的冰随意弃置就可以了。爱听的话则可以煮一半，留一半他日细细品尝，住在北极的人真是太幸福了。

但是幸福也不常驻，有时候天气太冷，火生不起来，是让人着急的，只好拿着冰雪用手慢慢让它熔化，边熔边听。遇到性急的人恐怕要用雪往墙上摔，摔得力小时听不见，摔得用力则声震屋瓦，造成噪音。

我向往北极说话的浪漫世界，那是个宁静祥和又能自己制造生活的世界，在我们这个到处都是嘈音的时代里，有时候我会希望大家说出来的话都结成冰雪，回家如何处理是自家的事，谁也管不着。尤其是人多要开些无聊的会议时，可以把那块嘈杂的大雪球扔在家前的阴沟里，让它永远见不到天日。

斯时斯地，煮雪恐怕要变成一种学问，生命经验丰富的人可以依据雪的大小、成色，专门帮人煮雪为生；因为要煮得恰到好处和说话时恰如其分一样，确实不易。年轻的恋人则可以去借别人的"情雪"，藉别人的雪来浇自己心中的块垒。

如果失恋，等不到冰雪尽融的时候，就放一把大火把雪屋都烧了，烧成另一个春天。

温一壶月光下酒

煮雪如果真有其事，别的东西也可以留下，我们可以用一个空瓶把今夜的桂花香装起来，等桂花谢了，秋天过去，再打开瓶盖，细细品尝。

把初恋的温馨用一个精致的琉璃盒子盛装，等到青春过尽垂垂老矣的时候，掀开盒盖，扑面一股热流，足以使我们老怀堪慰。

这其中还有许多意想不到的情趣，譬如将月光装在酒壶里，用文火一起温来喝……此中有真意，乃是酒仙的境界。

有一次与朋友住在狮头山，每天黄昏时候，在刻着"即心是佛"的大石头下开怀痛饮，常喝到月色满布才回到庙里睡觉，过着神仙一样的生活。最后一天我们都喝得有点醉了，携着酒壶下山，走到山下时顿觉胸中都是山香云气，酒气不知道跑到何方，才知道喝酒原有这样的境界。

有时候抽象的事物也可以让我们感知，有时候实体的事物也能转眼化为无形，岁月当是明证，我们活的时候真正感觉到自己是存在的，岁月的脚步一走过，转眼便如云烟无形。但是，这些消逝于无形的往事,却可以拿来下酒,酒后便会浮现出来。

喝酒是有哲学的,准备许多下酒菜,喝得杯盘狼藉是下乘的喝法;几粒花生米一盘豆腐干,和三五好友天南地北是中乘的喝法;一个人独斟自酌,举杯邀明月,对影成三人,是上乘的喝法。

关于上乘的喝法,春天的时候,可以面对满园怒放的杜鹃细饮五加皮;夏天的时候,在满树狂花中痛饮啤酒;秋日薄暮,用菊花煮竹叶青,人共海棠俱醉;冬寒时节,则面对篱笆间的忍冬花,用腊梅温一壶大曲。这种种,就到了无物不可下酒的境界。

当然,诗词也可以下酒。

俞文豹《历代诗余》引《吹剑录》谈到一个故事,提到苏东坡在玉堂日,有一幕士善歌,东坡因问曰:"我词何如柳七(即柳永)?"幕士对曰:"柳郎中词,只合十七八女郎,执红牙板,歌'杨柳岸,晓风残月'。学士词,须关西大汉、铜琵琶、铁棹板,唱'大江东去'。"东坡为之绝倒。

这个故事也能引用到饮酒上来,喝淡酒的时候,宜读李清照;喝甜酒时,宜读柳永;喝烈酒则大歌东坡词。其他如辛弃疾,应饮高粱小口;读放翁,应大口喝大曲;读李后主,要用马祖老酒煮姜汁到出怨苦味时最好;至于陶渊明、李太白,则浓淡皆宜,狂饮细品皆可。

喝纯酒自然有真味，但酒中别掺物事也自有情趣。范成大在《骖鸾录》里提到："番禺人作心字香，用素茉莉未开者，着净器，薄劈沉香，层层相间封，日一易，不待花萎，花过香成。"我想，应做茉莉心香的法门也是掺酒的法门，有时不必直掺，斯能有纯酒的真味，也有纯酒所无的余香。我有一位朋友善做葡萄酒，酿酒时以秋天桂花围塞，酒成之际，桂香袅袅，直似天品。

我们读唐宋诗词，乃知饮酒不是容易的事，遥想李白当年斗酒诗百篇，气势如奔雷，作诗则如长鲸吸百川，可以知道这年头饮酒的人实在没有气魄。现代人饮酒讲格调，不讲诗酒，袁枚在《随园诗话》里提过杨诚斋的话："从来天分低拙之人，好谈格调，而不解风趣，何也？格调是空架子，有腔口易描，风趣专写性灵，非天才不办。"在秦楼酒馆饮酒作乐，这是格调；能把去年的月光温到今年才下酒，这是风趣，也是性灵，其中是有几分天分的。

《维摩经》里有一段天女散花的记载，正在菩萨为弟子讲经的时候，天女出现了，在菩萨与弟子之间遍洒鲜花，散布在菩萨身上的花全落在地上，散布在弟子身上的花却像黏黐那样黏在他们身上，弟子们不好意思，用神力想使它掉落也不掉落。仙女说：

"观诸菩萨花不着者，已断一切分别想故。譬如，人畏时，非人得其便。如是弟子畏生死故，色、声、香、味、触得其便也。已离畏者，一切五欲皆无能为也。结习未尽，花着身耳。结习尽者，花不着也。"

这也非关格调，而是性灵。佛家虽然讲究酒、色、财、气四大皆空，我却觉得，喝酒到极处几可达佛家境界，试问，若能忍把浮名换作浅酌低唱，即使天女来散花也不能着身，荣辱皆忘，前尘往事化成一缕轻烟，尽成因果，不正是佛家所谓苦修深修的境界吗？

味 之 素

在南部,我遇见一位中年农夫,他带我到耕种稻子的田地。

原来他营生的一甲多稻田里,有大部分是机器种植,从耕耘、插秧、除草、收割,全是机械化的。另外留下一小块田地由水牛和他动手,他说一开始时是因为舍不得把自小养大的水牛卖掉,也怕荒疏了自己在农田的经验,所以留下一块完全用"手工"的土地。

等到第一次收成,他仔细地品尝了自己用两种耕田方式生产的稻米,他发现,自己和水牛种出来的米,比机器种的要好吃。

"那大概是一种心理因素吧!"我说,因为他自己动手,总是有情感的。

农夫的子女也认为是心理因素,农会的人更认为这是不可能的，只是抗拒机器的心理情结。

农夫说："到后来我都怀疑是自己的情感作祟，我开始做一个实验，请我媳妇做饭时不要告诉我是那一块田的米，让我吃的时候来猜，可是每次都被我说中了，家里的人才相信不是因为感情和心理，而是味道确有不同，只是年轻人的舌头已经无法分辨了。"

这种说法我是第一次听见，照理说，同样一片地，同样的稻种，同样的生长环境，不可能长出可以辨别味道的稻米。农夫同样为这个问题困惑，然后他开始追查为什么他种的米会有不同的味道。

他告诉我——那是因为传统。

什么样的传统呢？——我说。

他说："我从翻田开始就注意自己的土地，我发现耕耘机翻过的土只有一尺深，而一般水牛的力气却可以翻出三尺深的土，像我的牛，甚至可以翻三尺多深。因此前者要下很重的肥料，除草时要用很强的除草剂，杀虫的时候就要放加倍的农药，这样，米还是一样长大，而且长得更大，可是米里面就有了许多不必要的东西，味道当然改变了，它的结构也不结实，所以嚼起来淡淡松松，一点也不Q。"

至于后者，由于水牛能翻出三尺多深的土地，那些土都是经过长期休养生息的新土，充满土地原来的力量，只要很少的肥料，有时根本用不着施肥，稻米已经有足够成长的养分了。尤其是土翻得深，原来长在土面上的杂草就被新翻的土埋葬，除草时不必靠除草剂，又因为翻土后经过烈日曝晒，地表皮的害虫就失去生存的环境，当然也不需要施放过量的农药。

农夫下了这样的结论："一株稻子完全依靠土地单纯的力气长大，自然带着从地底深处来的香气。你想，咱们的祖先几千年来种地，什么时候用肥料、除草剂、农药这些东西？稻子还不是长得真好，而且那种米香完全是天然的。原因就在翻土，土犁得深了，稻子就长得好了。"

是吧！原因就在翻土，那么我们把耕耘机改成三尺深不就行了吗？农夫听到我的言语笑起来，说："这样，耕耘机不是要累死了。"我们站在农田的阡陌上，会心地相视微笑。我多年来寻找稻米失去米的味道的秘密，想不到在乡下农夫的实验中得到一部分解答。

我有一个远房亲戚，在桃园大溪的山上种果树，我有时去拜望他，循着青石打造的石阶往山上走的时候，就会看到亲戚自己垦荒拓土开辟出来的果园，他种了柳丁、橘子、木瓜、香蕉和葡萄，还有一片红色的莲雾。

台湾的水果长得好，是人尽皆知的事，亲戚的果园几乎年年丰收，光是站在石阶上俯望那一片结实累累红白相映的水果，就够让人感动，不要说能到果园里随意采摘水果了。但是每一回我提起到果园采水果，总是被亲戚好意拒绝，不是这片果园刚刚喷洒农药，就是那片果园才喷了两天农药，几乎没有一片干净的果园，为了顾及人畜的安全，亲戚还在果园外面竖起一块画了骷髅头的木板，上书："喷洒农药，请勿采摘"。

他说："你们要吃水果，到后园去采吧！那一块是留着自己吃的，没有喷农药。"

在他的后园里有一小块围起来的地，种了一些橘子、柳丁、木瓜、香蕉、芒果，还有两棵高大的青种莲雾等四季水果，周围沿着篱笆，还有几株葡萄。在这块"留着自己吃"的果园，他不但完全不用农药，连肥料都是很少量使用，但经过细心的整理，果树也是结实累累。果园附近，还种了几亩菜，养了一些鸡，全是土菜土鸡。

我们在后园中采的水果，相貌没有大园子那样堂皇，总有几个有虫咬鸟吃的痕迹，而且长得比较细瘦，尤其是青种的老莲雾，大概只有红色莲雾的一半大。亲戚对这块园子津津乐道，说是别看这些水果长相不佳，味道却比前园的好得多，每种水果各有自己的滋味，最主要的是安全，不怕吃到农药。他说："农药吃起来虽不能分辨，但是连虫和鸟都不敢吃的水果，人可以吃吗？"

他最得意的是两棵青种的莲雾，说那是在台湾已经快绝迹的水果了，因为长相不及红莲雾，论斤论秤也不比红莲雾赚钱，大部分被农民毁弃。"可是，说到莲雾的滋味，红莲雾只是水多，一点没有味道的，青莲雾的水分少，肉质结实，比红色的好多了。"

然后亲戚感慨起来，认为台湾水果虽一再地改良，愈来愈大，却都是水，每一种水果吃起来味道没什么区别，而且腐败得快，以前可以放上一星期不坏的青莲雾，现在的红莲雾则采下三天就烂掉一大半。

我向他提出抗议，为什么自己吃的水果不洒农药和肥料，卖给果商的水果却要大量喷洒，让大家没机会吃好的、安全的水果，他苦笑着说："这些虫食鸟咬的水果，批发商看了根本不肯买，这全是为了竞争呀！我已经算是好的，听说有的果农还在园子里洒荷尔蒙、抗生素呢！我虽洒了农药，总是到安全期才卖出去，一般果农根本不管,价钱好的时候,昨天下午才洒的农药,今天早上就采收了。"

我为亲戚的话感慨不已,更为农民良知感到忧心,他反倒笑了说:"我们果农流传一句话,说'台北人的胃卡勇',他们从小吃农药荷尔蒙长大,身上早就有抗体,不会怎么样的。"至于水果真正的滋味呢!台北人根本不知道原味是什么,早已无从分辨了。

亲戚从橱柜中拿出一条萝卜,又细又长,一副营养不良的样子,根须很长大约有七八公分,他说:"这是原来的萝卜,在菜场已经绝种,现在的萝卜有五倍大,我种地种了三十年,十几年前作梦也想不到萝卜能长那么大,但是拿一条五倍大的萝卜熬排骨汤,滋味却没有这一条小小的来得浓!"

每次从亲戚山上的果园菜园回来,常使我陷入沉思,难道我们要永远吃这种又肥又痴、水分满溢、又没有滋味的水果蔬菜吗?

我脑子里浮现了几件亲身体验的事:母亲在乡下养了几只鹅,有一天在市场买芹菜回来,把菜头和菜叶摘下丢给鹅吃,那些鹅竟在一夜之间死去,全身变黑,是因为菜里残留了大量的农药。

有一次在民生公园,看到一群孩子围在一处议论纷纷,我上前去看，原来中间有一只不知道哪里跑出来的鸡。这些孩子大部分没看过活鸡，他们对鸡的印象来自课本，以及喂了大量荷尔蒙抗生素、从出生到送入市场只要四十天的肉鸡。

有一回和朋友谈到现在的孩子早熟，少年犯罪频繁，一个朋友斩钉截铁地说，是因为食物里加了许多不明来历的物质，从小吃了大量荷尔蒙的孩子怎能不早熟？怎能不性犯罪？这恐怕找不到证据，却不能说不是一条线索。

印象最深刻的是，二十年前，有人到我们家乡推销味素，在乡下叫做"鸡粉"，那时的宣传口号是"清水变鸡汤"，乡下人趋之若鹜，很快使味素成为家家必备的用品，不管是做什么菜，总是一大瓢味素洒在上面，把所有的东西都变成一种"清水鸡汤"。

我如今对味素敏感，吃到味素就要作呕。是因为味素没有发明以前，乡下人的"味素"是把黄豆捣碎，拌一点土制酱油，晒干以后在食物中加一点，其味甘香，并且不掩盖食物原来的味道。现在的味素是什么做的，我不甚了然，听说是纯度百分之九十九的 L - 麸酸钠，这是什么东西？吃了有无坏处？对我是个大的疑惑。唯一肯定的是，味素是"破坏食物原味的最大元素"。"味素"而破坏"味之素"，这是现代社会最大的反讽。

我有一个朋友，一天睡眼蒙眬中为读小学六年级的孩子做早餐，煮"甜蛋汤"，放糖时错放了味素，朋友清醒以后，颇为给孩子放的五瓢味素操心不已。孩子放学回来，却竟未察觉蛋汤里放的不是糖，而是味素——失去对味素的知觉比吃错味素更令人操心。

过度的味素泛滥，一般家庭对味素的依赖，已经使我们的下一代失去了舌头。如果我们看到饭店厨房用大桶装的味素，就会知道连我们的大师傅也快没有舌头了。

除了味素，我们的食物有些什么呢？硼砂、色素、荷尔蒙、抗生素、肥料、农药、糖精、防腐剂、咖啡因……我们还有什么可以吃、而又有原味的食物呢？加了这些，我们的蔬菜、水果、稻米、猪、鸡往往生产过剩而丢弃，因为长得太大、太多、太没有味道了。

生为一个现代人，我时常想起"吾不如老农，吾不如老圃"的话，不是我力不能任农事，而是我如果是老农，可以吃自种的米；是老圃，可以吃自种的蔬菜水果，至少能维持一点点舌头的尊严。

"舌头的尊严"是现代人最缺的一种尊严。连带的，我们也找不到耳朵的尊严（声之素），找不到眼睛的尊严（色之素），找不到鼻子的尊严(气之素)。嘈杂的声音、混乱的颜色、污浊的空气，使我们像电影《怪谈》里走在雪地的美女背影，一回头，整张脸是空白的，仅存的是一对眉毛；在清冷纯净的雪地，最后的眉毛，令我们深深打着寒颤。

没有了五官的尊严，又何以语人生？

食 家 笔 记

长 板 条 上

所有的日本料理店，靠近师傅料理台一定有一个用木板钉成的长板条，这板条旁边的椅子一般人不肯去坐，原因无它，只是不够气派。在台湾，日本料理店生意最好的是在房间，其次是桌子，最后才是围着师傅的板条；在日本则反其道而行，最好的是板条边。

吃日本料理，当然不得不相信日本人的方式。这个长板条之所以受人喜欢，是日本人去喝酒的，大部分是小酌而不是大宴，一个人坐在长板条边是最自在的。

如果你要吃好东西，也只有在长板条上。因为坐在长板条边，马上就靠近师傅，日久熟识互相询问家常，师傅一边谈话一边总会在他身边抓一些东西请你，像毛豆、黄瓜、酱萝卜、生芹菜包芝麻之属，有时候甚至挖一勺刚做好的鱼子给你，或者把切剩最好的一条鱼肚子推到面前，向你说："傻必是[①]啦！"

坐长板条的客人通常不是寻常客人，都是嗜好生鱼的，那么师傅会告诉你，今天什么鱼好、什么鱼坏，并非他故意去买坏鱼，是鱼市场的鱼货今日有些不甚高明，然后会说："今天有一种好鱼，我切给您试试。"等你吃完满意了，他才切上算账的来，而你不要小看那一片试试的鱼片，料理店的一片好鱼，通常吃一口要一百元。

长板条是最能学吃日本料理的地方，因为所有的东西都摆在面前，有许多选择的机会，如果是坐在房间里的客人，吃一辈子日本料理，可能许多海鲜见都没有见过。

长板条上也是最有人情味的地方，只要坐在长板条边，总不会吃得太坏，中国人说"见面三分情"，大师傅就在面前，总不好意思弄一些差的东西给你。而且师傅无形中聊起日本料理的种种，自然就是在传法给客人了，最最重要的是，如果是熟客人，

[①] 这里是以中文音写日文的"寂寞"。

价钱总会算得便宜一些，因为在日本料理店中，每张桌子都由服务生开单，唯有在长板条上是"自由心证"，全权由师傅掌握，熟人好说话，一定比房间里便宜多多。

在日本一些专卖生鱼和寿司的店，有时没有桌子，只有板条四桌围绕，师傅们则站在里面服务，一个师傅平常就照顾五张椅子，有那相熟的客人往往不仅认店，还要认师傅，这时不仅手艺比高下，连亲切都要一比，因而店中气氛融洽，比其他日本料理店要吵闹得多。

由于日本人生鱼生虾吃得厉害，所以卫生新鲜要格外讲究，听说要是在日本吃料理中了毒，可以向店里控告，赔偿起来大大的不得了，而坐在长板条上不但可以控告店里，连认得的师傅都可以告进官里去。因此师傅们无不戒慎恐惧，害怕丢了饭碗，消费者得以安心大啖其生猛海鲜。

我过去不觉得日本料理有什么惊人之处，有一回和摄影家柯锡杰去吃日本料理，第一次坐在长板条上。老柯与师傅相熟，大显身手，叫了许多平日不易吃到的东西，而且有大部分是赠送的，这时始知吃日式料理也有大学问，老柯说："日本料理的师傅也是人，有荣誉心，如果遇到一位好的吃家，他恨不得自己的肚子都切下来给你下酒，谁还在乎那区区几个钱呢？"

柯锡杰早年留学日本，吃日本菜是第一流的高手，但是他说："不管吃什么菜，认识大师傅是必要条件，中国菜也是一样的吧！菜里无非人情，大师傅吩咐一声，胜过千军万马。我早年在美国当厨子，自己发明一道烤鸡，名称就叫'柯氏鸡'，与'麻婆豆腐'一样，以人名取胜，结果大家都爱吃这道菜，不一定是菜有什么高明，是他们认识了柯氏，在人情上，总要试试柯氏鸡的滋味吧！"

这使我想起另一位吃家欧豪年。欧豪年每次在餐馆请客，一定提前半个小时前往，我觉得奇怪，不免问他，他说："主要是先来挑鱼，同样的鱼，只要大小不同味道就差很多，像青衣石斑之属，一斤左右的最好，太小的肉烂，太大的肉老。其次是先和师傅打个招呼，他就会特别留意，做出真正的好菜来，就说蒸鱼好了，火候最重要，要蒸到完全熟了可是还有一点点肉粘在骨头，那个节骨眼上，只有一秒钟的时间。"

中国人吃饭挑师傅相熟的馆子，和日本人在长板条上挑师傅一样，是人情味的表现。我曾在一家日本料理店看一个日本人在长板条上，每吃一片生鱼就喝一杯清酒，一边和师傅聊天，最后竟然大醉高歌而归，那时我想：使他醉的不一定是清酒，说不定是那个师傅！

梁　妹

新加坡朋友何振亚颇有一点财富，待人热忱，我在新加坡旅行时住在他家，他最让人羡慕的不是他的有钱，而是他有个好厨子。

何振亚的厨子是马来西亚籍的粤人，是个单身女郎，她身材高，眉清目秀，年约三十余岁，等闲看不出她有什么好手艺，但她是那种天生会做菜的人。

这梁妹不像一般佣人要做很多事，她主要的工作就是做做三餐。我住在何家，第一天早上起床，早餐是西式的，两个荷包蛋，两根香肠，一杯咖啡，一杯牛奶、果汁。奇的是，她的作法是中式的，蛋煎两面，两面皆为蛋白包住，却透明如看见蛋黄——这才是中国式的"荷包蛋"，不是西式的一面蛋——而那德国香肠是梁妹自灌的，有中西合璧的美味。

正吃早餐的时候，何振亚说："你不要小看了这鸡蛋，你看这鸡蛋接近完全的圆形，火候给到好处，这不是技术问题。梁妹是个律己极严的厨师，她煎蛋的时候只要蛋有一点歪，就自己吃掉，不肯端上桌，一定要煎到正圆形，毫无瑕疵才肯拿出来。我起初不能适应她的方式，现在久了反而欣赏她的态度，她简直不是厨子，是个艺术家嘛！"

梁妹犹不仅此也,她家常做一道糖醋高丽菜,假如没有上好的镇江醋,她是拒绝做的,而且一粒高丽菜,叶子大部分要切去丢掉,只留下靠菜梗部分又厚实又坚硬的部分,切成正方形(每一个方形一样大,两寸见方),炒出来的高丽菜透明有如白玉,嚼在口中清脆作响,真是从寻常菜肴中见出功夫,那么可想而知做大菜时她的用心。有一回何振亚请酒席,梁妹整整忙了一天,每道菜都好到让人嚼到舌头。

其中一道叉烧,最令我记忆深刻,端上来时热腾腾的,外皮甚脆,嚼之作声,而内部却是细嫩无比。梁妹说:"你要测验广东馆子的师傅行不行,不必吃别的菜,叫一客叉烧来吃马上可以打分数,对广东人来说,叉烧是最基本的功夫。"

梁妹来自马来西亚乡下,未受过什么教育,我和她聊天时忍不住问起她烹饪的事,她说是自己有兴趣于做菜,觉得煎一粒好蛋也是令人快乐的事。

"怎么样做到这么好?"

"一道做过的菜不要去重复它,第二次重新做同一道菜,我就想,怎么样改变一些佐料,或者改变一点方法,能使它吃起来不同于第一次,而且企图做得更好一点,到最后不就做得很好了吗?"

我在何家住了一星期,直觉得有个好厨子是人生一快,后来新加坡的事多已淡忘，唯独梁妹的菜印象至为深刻。我不禁想起以前的法国大臣 Talleyrand 奉派到维也纳开会，路易十八问他最需要什么，他说："祈皇上赐臣一御厨。"因为对法国人来说，没有好的厨子，外交就免谈了。

以前袁子才家的厨子王小余说："作厨如作医，以吾一心诊百物之宜。"又说："能大而不能小者，气粗也。能啬而不能华者，才弱也。且味固不在大小华啬间也。能者一芹一菹皆珍怪，不能则黄雀鲊三楹无益也。"真是精论，一个好厨子做的芹菜绝对胜过坏厨子做的熊掌。

做一个好厨子的条件是怎样的呢？

美国玄学大师华特 (Alan Watts) 说："杀一只鸡而没有能力将之烹好，那只鸡是白死了。"

法国人爱调戏人，他们常问的话是："你会写文章，会画图，作雕刻，你好像什么都有一手，且慢，你会烧菜吗？"呀哈！如果你只会写文章，不会烧菜，只能算是"作家"，不能算是"艺术家"，骄傲的法国人眼中，如果你不会烧菜，最少也要具有好舌头，否则真是不足论了。

得过最高荣誉勋章的法国大厨波古氏 (Bocuse) 说过："发现一款新菜，比发现一颗新星，对人类的幸福有更大的贡献。"诚不谬哉!

响 螺 火 锅

在纽约旅行的时候,有一天雕刻家钟庆煌在家里请吃火锅,约来了纽约的各路英雄好汉,有画家姚庆章、杨炽宏、司徒强、卓有瑞,摄影家柯锡杰,舞蹈家江青,作家张北海。

那一天之所以值得一记,是因为钟庆煌准备了难得吃到的响螺火锅。响螺是电影中常见海盗用来吹号的那种螺,体型十分巨大,吃起来颇费时,故一般西方人很少食用,在纽约只有中国城有得卖。

钟庆煌说,他为了准备这响螺火锅已整整忙了一天,一早就走路到中国城挑选合适的响螺,由于响螺壳坚硬无比,必须用榔头敲开,敲开之后只取用其前半部(像吃蜗牛一样,前半部才是上品)。取下后切片也不易,因响螺肉韧,必须用又利又薄的牛排刀才能切成薄片,要切得很薄很薄,否则就不能吃火锅了。

听钟庆煌这样一说,大家都颇为感动,而且听说一般馆子吃响螺不是用焖就是用炖的,用来吃火锅还是钟庆煌的发现。

那一次吃响螺片火锅滋味难忘,因肉质鲜美,经滚水烫过有一股韧劲和脆劲，吃起来有点像新鲜的鲍鱼片，但比鲍鱼更有劲道，而且响螺肉有点透明感，真是人间美味。吃涮响螺片时我才发现，如果真有至味，不一定要依赖厨子，然而火候仍是不可忽视的，透明的螺片下锅转白时即捞起，否则就太老了。

回台北后，吃火锅时常想起雕刻家亲手拿榔头敲开的响螺火锅，可惜找不到响螺，后来在南门市场一家卖海鲜的摊子找到了响螺，体积比美国的小得多，要价一两十五元，摊贩说是澎湖的响螺，滋味比美国的好，因为美国的长得太大了，肉质较硬。

带一些回来试做，才发现不然，因美国响螺大，切片后吃火锅较适合，澎湖的嫌小了一些。后来我想了很久，用一个新的方法做，先炖鸡一只，得汤一碗，再用鸡汤煨响螺片约十分钟，味道鲜美无比。

现在台北的馆子里也开始做响螺，尤其广东馆子最多，通常也是用鸡汤煨，再焖一些青菜进去，是正统的吃法；另有一法是将螺肉挖出剁碎，和一些碎肉虾泥再塞回螺壳中蒸熟，摆在盘子里非常壮观，可惜风味尽失。这使我想到生猛的海鲜本身的味道已经各擅胜场，纯味最上，配味次之，像什么虾球、花枝丸、蚵卷、蟹饺等等都是等而下之了。

画家席德进生前也是有名的吃家，他就从不吃虾球之属，理由之一是：谁知道那是什么做的。理由之二是：即使用虾也不会用好虾，好好的虾干嘛炸虾球？——真是妙见，把新鲜响螺剁碎了，简直是暴殄天物。

但这也不是绝对的，做汤的时候，用一个响螺同做，味道就完全不同。问题是，这时的响螺肉就不能吃了——这似乎是吃家的原则之一，一种东西只能选择一种吃法，不能既要喝汤又要吃肉。

荷叶的滋味

在台北的四川馆子和江浙馆子里，常常有一道菜叫"荷叶排骨"，荷叶排骨就是用荷叶包排骨到大锅里去蒸，通常要选肥瘦参半的肉排，因为太瘦了用荷叶蒸过会涩口，肥则不忌。

用荷叶蒸排骨实在是大学问，也是大发明。由于火蒸之后，荷叶的香气穿进排骨，而排骨的油腻则被香气逼了出来，两者有了巧妙的结合，是锡箔排骨远远不及的。广东馆子用荷叶包糯米团，糯米中可有各种变化，咸者可以包肉，甜的可以包芝麻或豆沙，不管做什么，都非常鲜美，真是把荷叶用到出神入化的地步。

使用荷叶也是大的学问，一家馆子的师傅告诉我，包荷叶只能取用质软的一部分，靠茎的部分则不能用。而且荷叶刚采时并不能用，易于断裂，须放置一日，叶已软而不失其青翠，放置过久的荷叶一下锅蒸出来就乌黑了。

荷叶在中国菜里使用并不广，记得台湾乡下有一种"荷叶粿"，是用荷叶包粿，有咸甜各味，一打开，荷香四溢。我幼年时代有一位三姑妈擅做这种荷叶粿，但姑妈去世后，我已多年未尝此味，只是一想起，荷叶仍然扑鼻而香。

植物的叶子在中国菜中是配味，不论怎么配，确实可以改变味道，如同端午节使用的粽叶。在乡下，光是粽叶的价钱就有好多种，好的粽叶做出来的粽子就是不一样。嘉义以南，有许多人包粽子用大的竹叶，味道又不同了，它没有粽叶浓香，格外带一点清气，和荷叶粿有点相似。

台湾乡人节省，有的家庭把吃剩的粽叶洗净、晾干，第二年再来使用，这时包的虽是粽子，殊不知风味已经尽失了。这与台北一般大馆子做鸽松、小馆子做蒸饭，常使用到竹筒，但那竹筒一用再用，早就毫无滋味，那么，用竹筒和用别的容器又有何不同呢？

台北苏杭馆子里，信义路有一家的包子做得有名，包子倒无特殊之处，只是它蒸的时候笼子里铺了干草，这一出笼时就完全不同了，和荷叶排骨一样，它把包子的油蒸了出来，却又表现了包子的精华。唯一遗憾的是，那些干草并不是用一次就算，失去了发明时的原意。

中国菜里讲究的火功，到细微处，菜肴身边的配置十分重要，荷叶是其明显的一端。古时不用瓦斯，光是木炭都有讲究，喝茶时用松枝烹茶，松树之香气会穿壶入水，称之为"松枝茶"。我童年的时候，母亲常用蔗叶煮饭烧茶，做出来的饭，泡出来的茶都有甜气，始知小如叶片，也有大的用途。

荷叶的滋味甚好，使人想起中国菜实是中国文化的表现，荷叶固可以入诗入画，同时也能入菜，入菜非但不会使荷叶俗去，反而提高了一道菜的境界，只是想到荷叶难求，心中未免怏怏。

在乡下，使用荷叶原不是有特别的妙见，而是就地取材，记得我的姑妈当年包"荷叶粿"时，并非四时均有荷叶可用，有时也取芋叶或香蕉叶代之，那时每次使用别的叶子，姑妈总爱感叹："这芋叶、香蕉叶蒸的粿，怎么吃总是比不上荷叶，少了那一点香气。"

如今想起来，只是习惯造成的感觉，芋叶有芋叶的好，蕉叶也有蕉叶之香，我倒是觉得说不定连梧桐叶都可以做排骨呢！

新加坡、马来西亚、印尼、印度一带，人民就擅于使用树叶，路边小摊常有各种树叶包着的东西，卖的时候放在火上一烤即成，我在当地旅行时，爱在路边吃这些东西，发现不只是肉，连鱼虾都包在叶子里烤，这样烤的好处是水分保留在叶子里，不失去原味，而且不会把东西烤坏。

中国菜使用叶子，通常用的是蒸，适于大馆子。说不定还可以发展烤的空间，让升斗小民也能尝到荷叶的滋味！

张东官与麦当劳

近读《紫禁城秘谭》，里面写到清朝最爱吃的皇帝是乾隆，而乾隆最爱吃的是江苏菜，万寿节及其他节日常开"苏宴"，当时御厨里的苏州厨役有张东官、赵玉贵、吴进朝诸人，他常吃的菜有"燕窝黄焖鸭子炖面筋"、"燕窝红白鸭子筋炖豆腐"、"冬笋大炒鸡炖面筋"、"燕窝秋梨鸭子热锅"、"大杂烩"、"葱椒羊肉"等等。

但是，到了张东官出现以后，其他苏州厨子则黯然失色，张东官可以说是清朝风头最健的人物。

当时乾隆皇到处巡狩，各地大臣为了讨好皇上，到处去访寻庖厨名手，张东官就是长芦盐政西宁出重金礼聘自苏州。乾隆三十六年二月，皇帝出巡山东，西宁进张东官进菜四品，其中有一品是"冬笋炒鸡",很合皇帝口味,吃完以后,皇帝赏给张东官一两重的银锞两个,此后,皇帝每吃一次张东官的菜就赏银二两,一直到三月底回京。

乾隆四十三年,皇帝再次出巡盛京,传张东官随营做厨,七月二十二日,张东官做了一品"猪肉砂馅煎馄饨",晚上又做"鸡丝肉丝油煸白菜一品"、"燕窝肥鸡丝一品"、"猪肉馅煎粘团一品",极为称旨,吃完后,皇帝赏银二两。

不久之后,张东官时常做菜进旨,如"豆豉炒豆腐"、"糖醋樱桃肉",又做"苏造肉、苏造鸡、苏造肘子",这段期间,皇帝时常赏赐,记载上赏过"熏貂帽沿一副"、"小卷缎匹"、"大卷五丝缎一匹",可见皇帝对一个好厨子的礼遇。

乾隆四十六年二月,张东官正式入宫当御厨,官居七品,更得皇帝的宠爱,《紫禁城秘谭》写到张东官的最后一段是:

"乾隆四十八年正月初二日晚膳,张东官做'燕窝脍五香鸭子热锅一品'、'燕窝肥鸡雏野鸡热锅一品',尤称旨,屈指初承恩眷,至是匆匆十二年矣!"

张东官大概是清朝最后一位最有名的厨子,从皇帝对他的赏赐、别人对他的敬爱有加,可以知道一名好厨子是多么难求,好厨子就如同艺术家,原不必来自宫廷,民间也自有奇葩。我看了张东官十分传奇的历程,以及他做给乾隆吃的一些菜名,真觉得上好的烹调是一菜难求。

就说一道"豆豉炒豆腐","不知用何种配料,就膳档视之,帝殊嗜爱。"豆豉和豆腐都是民间之物,任何乡下村妇都能做这道菜,可是张东官的火候却可以惊动皇上,一定是厨之外还有艺。

"厨之外有艺"是中国菜的传统,不但要在味道上讲求,在颜色上讲究,甚至在名字上也都别出心裁,犹如新诗创作。看到好的名字、好的味道、好的颜色,忍不住会从人的喉头伸出一只手来。

说到厨子,有一回叙香园的老板请吃饭,把他们馆子里大部分的菜全端出来,一共二十四道,品品都是好菜,叫人吃了仰天长啸,我问杨先生:"你们馆子里有多少名菜呢?"

"大致就是你吃的这些了,一个饭店里只要有二十道菜就是不得了的,要知道一般小馆只要有一道招牌好菜也就不容易了。"

然后我们谈到厨子,杨先生觉得好的厨子是天才人物,不是训练可以得致,因为好厨子的徒弟总是不少,但成大厨的永远是少数的少数,没有一点天生的根器是不成的。厨艺又和艺术相通,所以一般艺术家自己都能发明出几道好菜来。

我问到一个俗气的问题:"那么一个好厨子目前的薪水多少

呢?"杨先生说那得要看他的号召力,像叙香园的大厨,一个月的薪水是三十万新台币,比起一家大公司的总经理毫不逊色。

我想到三十万台币是十几两黄金,那么现代大厨的待遇恐怕远超过乾隆皇的御厨张东官了。可是一个名厨足以决定一家饭店的成败,三十万也实在是合理的待遇,你看台北的馆子何止千百,能打出大师傅招牌的却没有几个。

看完《紫禁城秘谭》,我到台大附近去买书,发现台大侧门对面也开了一家麦当劳,门口大排长龙,心中真是无限感叹,中国这样优秀的饮食传统恐怕有一天要被机器完全取代了。将来如果我们要找名厨,真只有到典籍去找了。

我们当然不必一定吃张东官的好菜,但是,能把豆豉炒豆腐做好的厨子,现在还剩几个呢?

吃 客 素 描

我有一个朋友陈瑞献,是新加坡、马来西亚一带有名的艺术家,同时是有名的吃家,他以前在《南洋商报》上写吃的专栏,十分叫座,对吃东西之讲究罕有其匹。

瑞献和现在台湾法国文化中心主任戴文治是黄金拍档,两人时常一起到世界各国去大吃，事后互相研究讨论。在吃这一方面，配合得像他们这样好的也很少见。

说到他们两人的相识也是奇遇，戴文治来台湾以前，是法国驻新加坡的大使，陈瑞献正好是新加坡法国大使馆的秘书，本是主属关系，由于两人都好吃并且酷爱艺术，竟成好友，交相莫逆，以兄弟相待。

这两个吃家好吃到什么程度呢？陈瑞献常说："人生有四件大事，除了吃以外，其他三件我已忘记。"他们是那种有了好吃的东西可以丢掉其他三件的人。瑞献每天除了吃好吃的东西，生活几乎是邋遢的，衣着方面，他虽在大使馆上班，却终年穿着短裤、拖鞋到办公室，由于他名气太大，久之大家也习以为常。在住的方面，他住的地方对面就是新加坡有名的绿灯户，是黑社会争取的地盘，虽是两层洋楼，家中堆满零乱的字画，找个能坐的地方都感到困难。在行的方面，他开着大使馆所有的一部福特跑车，车龄已有六七年历史，他开到哪里停到哪里，由于挂着使馆牌，即使在管理严格的新加坡也享有特权，他那部车是新加坡少数有名的"大牌"之一，车子够老，牌子够硬。

瑞献书画、文章、金石都是绝活，除了这些，对他最重要的大概就是吃了。

有一年，瑞献因公来台北，我说是不是可以看看他的行程，他把纸拿出来，里面几乎没有行程，只写了三餐用餐的地点，和吃些什么菜。

"这就是你的行程吗？"我说。

"是呀！有什么比吃更重要呢？"

他说出外游山玩水固好，但对他们这种经常世界各处跑的人已没有什么意义，吃吃好东西才是最实在的。我看他的"行程表"（就是吃程表）中有一天中午空白，表示我要作东，那时我正想去法国，在办理赴法签证，大权在戴文治手中，便约戴文治一同前往。

当时在戴文治家中，瑞献指着戴文治对我说："你请他吃饭可要当心，要是吃到什么难吃的菜，你的法国签证就泡汤了，假如吃到好菜，说不定给你一张法国护照。"

三人哈哈大笑，戴文治补充说明："我的权力没有那么大，最长只能给你签六个月。"

"当然，如果不给你签，你这辈子别想去法国了。"瑞献爱开玩笑，"完全就看你怎么安排了。"

兹事体大，当下三人摊开吃的地图（戴文治家中有一本专门记载台北馆子的书籍，有图表）研究，我从罗斯福路、和平东路、信义路、仁爱路、忠孝东路一路问下来，大部分有名的馆子他们都吃过了，这使我大吃一惊，因为台北爱吃的人虽多，吃得这么全的也算少见。

后来我卖了一个关子，说："这样好了，明日午时就在法国文化中心集合，我带你们去吃，但先不说吃的地点和吃些什么。"两人相视一笑，点头答应。

第二天，我带他们到仁爱路的"吃客"去吃，果然他们没有吃过，大为惊奇，台北居然有他们没吃过的馆子。我叫了一些普通的菜，记得是咸猪脚、风鸡、醉虾、干丝牛肉、吃客鲳鱼、炒年糕、黄鱼、香菇鸭舌汤，每出来一道菜都叫他们舌头打结；事实并不是菜烧得多了不起，只是"吃客"的猪脚、风鸡、醉虾对初尝的人确是异味，而黄鱼之鲜美，香菇鸭舌汤以五十只鸭舌做成，都是富有舌头震撼力的。

吃完后叫了一客豆沙锅饼，一客芝麻糊，吃得两位名吃客啧啧称奇。

结束之后，我问戴文治："味道如何？"

"六个月，六个月。"戴忙着说，意即我的法国签证，他可以给我签最长的时间。

"这样棒的一顿饭才值六个月吗？"瑞献打趣说，我们不禁拍案大笑。

这时我才透露了为什么选"吃客"的原因,因为在戴文治的"秘笈"中并没有"吃客"的记载,胜算很大。我们谈到,选择馆子事实上没有叫菜重要,因为每一个馆子的师傅总有一两道"招牌好菜",有时一家馆子就靠一道菜撑着,如果去吃馆子不知道叫菜,如同盲人骑马,只知有马,不知马瞎,真是太可怕了。

好菜的功能之大甚至影响到法国签证呢!可不慎哉!

后来我到新加坡,瑞献一来就为我开了一张食单,每天让我早、午餐自便,晚餐如果没有特别应酬,则听他安排;他找到的菜馆不论大小,菜都是第一流的,即使是路边小摊吃海鲜,他也都能找到又新鲜又好吃的地方。——这真是食家本色,好的食家是不摆排场、不充阔佬的,一万块吃到好菜不是本事,一千块吃到好菜才是本事;能吃海鲜不是本事,要便宜吃到好海鲜才是本事;知道名菜名厨不是本事,连街边小摊都了然于胸才是本事。

有瑞献带路去吃,差一点把我的舌头忘在新加坡。

遗憾的是,瑞献为我排了一餐俄国菜、一餐印度菜,由于那两天都有朋友的应酬,因而分别在江浙馆和广东茶楼吃饭,至今引为憾事。瑞献表现在吃的兴趣是令人吃惊的,他不但餐餐陪我们吃,毫无倦容,而且吃得比我们还有味。有一回吃潮州菜,我看他吃得趣味盎然，忍不住问他："你吃过这么多次，还觉好吃吗？"

他正色道："好的菜就是你吃几十次也不会腻的，就像一幅好的画挂在家中三五年，你何尝厌倦？"

他继续说："吃好菜的时候总要把心情回到最初，好像是第一次品尝，让味蕾含苞待放，这就像和情人接吻，如果真爱那情人，不管接多少次吻都有不同的滋味，真正的吃家对待食物要像对待情人。"

他告诉我，有一次他和戴文治在法国吃鸡肉，戴文治在一食三叹之后求见厨师，当那顶白高帽在厨房门口出现，戴文治自动站起来，先向厨师致敬，再与他交谈。他说："事后，戴文治对我说，他敬爱厨师，一如敬爱情人；对于那些失去做爱能力的人，佳肴是最好的补偿。"

瑞献常说："不惜工本以快朵颐是食家本色。"又说："让蠢人错把你当白痴者，是一流食家的逸乐。"又说："品味如品画，厨者所以是画人。"他为了吃，有时甚至是疯狂的。

举例来说，一九八一年，大陆出来一个"锦江华筵访问团"，整个锦江师傅坐专机到新加坡，包括锅铲、碗筷、重要材料全是专机空运。锦江师傅在玻璃屋内做菜，吃客可以在外面观察他们的做法、刀功等等,从切菜、炒煮,到端盘出来一目了然。在新加坡来说,是难得的机会。

然而一桌菜叫价一万坡币(合二十万台币),瑞献兴起了吃的念头,他的妻子小菲极力反对,因为一万坡币不是小数目,后来瑞献想了个变通的办法,就是邀集十位朋友,一人出一千坡币(合两万台币),一起去吃锦江华筵,分摊起来负担就小了。

小菲仍不赞成,觉得花一千坡币吃一餐也不可思议,但瑞献对她说:"你让我去吃这一餐,你只是心痛一阵子;如果你不让我去吃这一餐,我会遗憾一辈子。"他们伉俪情深,小菲只好节省用度,让他好好地吃一餐。事后他告诉我:"真是值回票价!"小菲则对我说:"幸好给他去吃,否则真会怨我一辈子,他吃了那顿饭,回来整整说了一个月。"

我和瑞献已有三年未见,但每次吃到好菜总不自觉想起他来,因为在这个世界上人莫不饮食,豪侈暴发之辈奇多,一掷万金者也所在多有,但鲜有能知味之人,知味是多么不易呀!

我们的通信开头总是:"最近在××路发现××馆子,拿手好菜是……味道……"结尾则是:"几时来这里,一起去大吃一顿吧!"

知味不易,人生得知味之知己,是多么难呀!

一 味

乌 铁 茶

有一位朋友,独自跑到木栅的观光茶区去经营茶园,取名为"乌铁茶区"。

据说,他是接下了一个患病农民的茶园,原因是自己很想做出一些自己喜欢的茶,让自己喝了欢喜,朋友喝了也欢喜。

"你喜欢的茶是什么呢?"

"台湾的两大名茶,一是乌龙,一是铁观音,乌龙清香,铁观音喉韵好,这两种茶是完全不同的,我在少年时代就常想,有没有可能使两味变成一味呢?就是把乌龙和铁观音的优点融合,消除它们的缺点,所以把自己的茶园取名为乌铁茶园。"

"使两味合成一味"可能只是朋友的理想，但他在实验的过程中，却创造了许多滋味甚美的茶来，也由于有一个渴盼创造的心灵，他理想的茶虽未出现，对于人生、对于茶已经有了全新的体验。

他说："当我心中有使乌龙与铁观音合一的愿望时，事实上那种茶已经完成了，虽然还没有做出来，总有一天会做出来。"

我走在朋友种的井然有序的茶园，看到洁白的小茶花，不禁想起禅师所说的"家舍即在途中"，当一个人往理想愿望迈进的时候，每一步历程其实都与目标无异，离开历程，目标也就不存在了。

问题是，历程的体验与目标的抵达虽是一味，由于人自心的纷扰，它就成为百味杂陈了。

一味，不是生活里的柴米油盐，而是内心的会意。

一味，不是寻找一种优雅的生活，而是在散乱中自有坚持；在夏日，有凉爽的心，在冬天，有温暖的怀抱。

生命里的任何事都没有特别的意义，在平凡中找到真实的人，就会发现每一段每一刻都有尊贵的意义。

雀舌鹰爪

经营茶园的朋友，嫌现在的茶做得太粗，于是用手工采茶，用手工制茶，做出一种最好的茶，取名为"莲心茶"。

"莲心茶"只取茶最嫩的茶芽制成，一芽带两叶，卷曲有如莲子的心。

以茶芽制茶古已有之，《梦溪笔谈》说："茶芽，古人谓之雀舌麦颗，言其至嫩也。"《贡茶录》说："茶芽有数品，最上曰小芽，如雀舌鹰爪，以其劲直纤铤，故号芽茶；次曰拣芽，乃一芽带一叶者，号一枪一旗；次曰中芽，乃一芽带两叶，号一枪两旗；其带三叶四叶者，皆渐老矣！"

莲心茶必须在春天，气候晴和的早上去采，这时茶树吸收了昨夜的雾气，茶芽初发，一芽一芽地拈下来。

朋友说，现在的农夫觉得这样采茶芽太费工了，不符合成本效益，使得雀舌鹰爪徒留其名，早已成为传说了。

"但是，最好的总要有人去做，纵使被看成傻子，也是值得的。"朋友说。

是的，最好的总是要有人做，我为朋友那种真挚求好的态度感动了。

他每年只做几斤莲心茶，只卖给善饮茶的人，每人限购二两，他说："最好的茶只给会喝的人，但是不能太多，太多就不会珍惜了。"

法也是一样吧！这个世间有许许多多的法，法味都不错，但最好的要有人去做，即使被看成傻子，也是值得的。

体会茶的心

不过，做茶也不能一厢情愿，也要体会茶的心。

朋友有一种很好的茶，叫"月光茶"，是在春天的夜间，用探照灯采的。他用探照灯在夜间采茶，曾被茶山的人看成是疯子。

他说："有一天，天气很热，我自己泡一壶茶喝，觉得茶里面还带着暑气，心里想，如果在有露水的夜里采茶，茶在夜露的浸润下，茶树的心情一定很好，也就没有暑气了。"

想到就做，竟让他做出像"月光茶"这样的茶来，喝的时候仿佛看见月光下吐露着清凉的茶园，心胸为之一畅。想到"冻顶乌龙"之所以比"乌龙"好，那是因为终年生于云雾风霜的极冻之顶，好像能令人体会茶里那冰雪的心。

我们与茶互相体会，与人间的因缘也要互相体会，作为佛教徒的人，时常会觉得高人一等，自以为是众生的母亲，但是反过来想，我们已经在轮回中受生无数次，一切众生必都曾是我的母亲，这些在过去世中无数无量曾呵护、照顾、体贴、关爱过我们的母亲呀！如今就在我的四周。

一切的众生为了生活，得不停忙碌地工作；一切众生为了呵护子女，要累积财富；以致他们没有时间全力修持佛法，但，不能修持佛法的母亲还是我最亲爱的母亲呀！我愿他们都拥有最美好的事物，也愿她们一切幸福。

如是思惟，心遂有了月光的温柔与清凉。

不可轻轻估量

朋友来看我，知道我喜欢喝茶，都会带茶来送我，因此就喝到许多未曾想过的茶，像桂花茶、紫罗兰茶、菩提叶茶都还是普通的，有人送我决明子茶、芭乐叶心茶、荔枝红、柚子茶等等，各种奇怪的加味茶。

今天，一位朋友带来一罐人参乌龙茶，听说是乌龙茶王加美国人参制造的，非常昂贵。

我说:"如果是很好的乌龙,就不会做成人参乌龙茶;如果是最好的人参,也不必做成人参乌龙茶。所以,所谓人参乌龙茶,应该都是次级的人参与次等的乌龙制造的。"

朋友听了哈哈大笑。

我说,这是实情,因为最好的茶不必加味,凡是加味者,都不是用最好的茶去做的。

朋友是来告诉我,某地又出现一位新禅师,某地又出现一位新教主,某地又有一位宣称证得大圆满境界,由于是以神通经验来号召,信徒趋之若鹜。

他问我:"你看这是真的?还是假的?"

我说:"你管他是真是假,我们只要照管自己的心就好了。"

他又问:"为什么台湾社会,近年来每年都会出现这样的人呢?"

我说:"你觉得呢?"

"我觉得是社会竞争太厉害了,有一些人循正常的管道奋斗,不可能成功,最快成功的方法是自称教主、祖师、证得某种境界,因为这既有名有利,也不需要时间、不需要本钱,只要会演戏就好了。而且群众也无法去做检验,就像我要和人做生意,总会先调查他的信用,过去的经验有迹可寻,可是这社会上自称成就的人往往是无迹可寻的。你认为我的看法怎样?"

"很好!"我说,"我还是觉得最好的茶是不用加味的,最好的法也是一味,对待加了许多味的法,与对待加了许多味的茶一样,要谨慎,不可轻轻估量!"

然后我们泡了一壶人参乌龙茶喝,不出所料,不是最好的茶叶,也不是最好的人参。

风格的芬芳

在南部六龟的深山里,有一种野生茶,近年已成为茶界乐道的茶。

野生茶听说已生长百余年的时间,是日据时代,或是清朝种在深山里而被人遗忘的茶树,由于多年未采摘,长到有一层楼高。

野生茶的神奇就在于每一棵的茶味都不一样,有独特的风格,例如有一棵有蜂蜜的味道,一棵有牛乳的味道,一棵有莲花香,这不是加味,是自然在茶叶中长成的。

因此,采野生茶的人要带许多小袋子,每一棵茶树采的装一袋,烘焙时也要每一棵分开,手工精制。这样费时费力做出来的茶,自然是价昂难求,有时有钱也买不到。

我在朋友家品尝野生茶，果然，每一棵都很不一样，我最喜欢带有莲花香的那一棵，喝的时候一直在寻思，为什么茶叶会自然长出莲花的香味呢？为什么会每一株茶的味道各自不同呢？

我想到，一棵茶树在天地间成长壮大，在时空中屹立久了，自然会形成一种独特的风格，这风格既不会妨碍他做一棵平常的茶树，但却有与一切茶树完全不同的芬芳。人也是如此，处于法味久了，自然形成风格，这风格不会使他异于常人，而是在人间散放了不同的芳香。

寒天饮茶知味永

与懂茶的人喝茶，有时候也挺累人，因为到后来，只是在谈对于茶的心得，很少真的用心喝茶，用的都是舌头。

有一天，一位素来被认为会喝茶的朋友来访，我边泡茶，边说：

"今天我们可不可以完全不谈茶的心得，只喝茶？"

朋友呆住了，说："我光喝茶，不谈茶，会很难过的。"

我说："我们过于讲究茶道而喝茶，会忘记喝茶最根本的意义，喝茶第一是要解渴，第二是兴趣，第三是有好心情，第四是有好朋友来，对茶的研究反而是最末节的了。"

然后，我们坐下来，喝茶！

那时候觉得赵州的"吃茶去！"讲得真好。

雪夜观灯知风在，寒天饮茶知味永，除了专心喝茶，我们并不做什么。喝了几盏茶之后，朋友说："今天真好，我现在知道茶不是用舌头喝的了。"

我想到，法眼文益禅师被一位学生问道："师父，什么是人生之道？"

他说："第一是叫你去行，第二也是叫你去行。"

是的，什么是饮茶之道，第一是叫你去喝，第二也是叫你去喝。

什么是佛法之道，第一是叫你去实践，第二也是叫你去实践。

"有没有第三呢？"朋友说。

"有的，第三是叫你行过了放下！"

这金黄色的茶汤呀！这人生之河的苦汁呀！这中边皆甜的法味呀！

一味万味，味味一味。

喝时生其心，喝完时应无所住，如是如是。